In schlafloser Nacht

T V Z

Hansueli Hauenstein

In schlafloser Nacht

Geschichten zur Weihnachtszeit

Mit Illustrationen von Vroni Grütter-Büchel

TVZ
Theologischer Verlag Zürich

Der Theologische Verlag Zürich wird vom Bundesamt für Kultur für die Jahre 2021–2024 unterstützt.

Bibliografische Informationen der Deutschen Nationalbibliothek

Die Deutsche Nationalbibliothek verzeichnet diese Publikation in der Deutschen Nationalbibliografie; detaillierte bibliografische Daten sind im Internet über http://dnb.dnb.de abrufbar.

Umschlaggestaltung

Simone Ackermann

Unter Verwendung einer Illustration von Vroni Grütter-Büchel, Salouf (GR) und Pfaffhausen

Druck

gapp print, Wangen im Allgäu

ISBN 978-3-290-18510-7 (Print)

ISBN 978-3-290-18511-4 (E-Book: PDF)

© 2022 Theologischer Verlag Zürich

www.tvz-verlag.ch

Alle Rechte vorbehalten

Inhalt

Welt ging verloren 7
Die Feder 11
Nachtlektüre 19
Ein Bett für das Christkind 25
Der Stock des alten Hirten 31
Wo Fuchs und Hase sich gute Nacht sagen 39
Die Flöte 45
Josef, der Musiker 53
Stille Nacht 57
Puppenweihnacht 63
Amah, die Magd 69
Der Sturm auf Rothenburg 75
Engel, Hund und Hirte 83
Bruno 89
Chor der Engel erwacht 95
Hannah 101

Welt ging verloren

Ganz am Anfang, als der liebe Gott die Welt machte, war er noch jung und unternehmungslustig. Mit Vergnügen liess er aus dem Nichts heraus die Erde entstehen, liess den Himalaya und den Pilatus wachsen, grub das Becken des Sempachersees und des grossen Ozeans und füllte beides mit klarem Wasser, steckte Setzlinge von Tannen, Korn und Kopfsalat in die Erde und liess seiner Phantasie freien Lauf, als er die Forelle, die Kuh und das Kaninchen erfand. Immer noch mehr und noch anderes kam ihm in den Sinn. Während vieler Jahrhunderte und Jahrmillionen schuf er hier noch eine Pflanze und dort noch ein Tier, und nichts von allem, was er machte, vergass er zu hegen und zu pflegen – weder das winzige Pantoffeltierchen noch das Waldmeisterchen, weder den Bergkristall noch den Kolibri.

Erst als der liebe Gott schon die ersten grauen Haare bekommen hatte und bei der Arbeit eine Brille tragen musste, beschloss er nach einem anstrengenden Tag, dass es jetzt genug war. Müde und gedankenverloren sass er an einem Waldrand und drückte an einem Rest Lehm herum, den er noch in den Händen hielt, als auf einmal, ohne dass er recht merkte, was da geschah, zwischen seinen Fingern doch noch ein Geschöpf entstand: ein merkwürdiges, zweibeiniges und nacktes Wesen, das ihm, kaum war es zum Leben erwacht, auch schon aus den Händen entglitt und im Wald verschwand. Der liebe Gott war zu müde, um noch lange danach zu suchen, und so beschloss er nur noch, dieses letzte Geschöpf «Mensch» zu nennen, und ging dann schlafen.

Am nächsten Morgen wollte er dem Kaninchen frischen Klee bringen, fand es aber nicht. Nur ein paar Knochen lagen am warmen Herdfeuer. Wenig später war die Robbe verschwunden, und sogar den riesigen Walfisch suchte der liebe Gott vergeblich. Dafür lag ein Brief in seinem Briefkasten, in dem sich jemand für das köstliche Fleisch, das warme Fell und das gesunde Öl bedankte. Der Brief kam vom Menschen. Zuerst schüttelte der liebe Gott nur den Kopf. Als aber nach kurzer Zeit auch noch die Nadeln der Tannen und die Hörner der Kuh verschwanden und er auch das frische Wasser nicht mehr fand, in dem die Forelle so fröhlich herumgeschossen war, setzte sich der liebe Gott in seinen Schaukelstuhl und versank in tiefes Nachdenken über die Welt, die da vor seinen Augen verlorenging.

So alt war er schon und so fest dachte er nach, dass er zuerst nicht einmal hörte, wie jemand laut nach ihm rief. Es war ein Menschenkind, das von niemandem geliebt wurde. Es war ein Kind, das am Verhungern war. Es war eine Frau, die von ihrem Mann geschlagen wurde. Es war ein Mann, der von einem anderen Mann in den Krieg geschickt wurde. Es war ein Mensch, der verlorenging, und dann noch einer und noch einer und noch einer. Schliesslich war das Rufen so laut, dass sogar der liebe Gott es hören musste. Er schrak aus seinen Gedanken auf und schaute entsetzt hinunter zu den Menschen, die sich nun auch noch gegenseitig zum Verschwinden brachten. Ich muss etwas unternehmen, dachte der liebe Gott, sonst geht meine Welt zum Teufel. Er beschloss, noch einmal in seine Werkstatt zu gehen, und mit zittrigen Händen schuf er dort sein letztes Geschöpf.

Er gab ihm die Gestalt des mächtigsten aller Geschöpfe, die Gestalt des zweibeinigen, nackten Menschen. Aber diesmal liess er ihn nicht entwischen, bis er ihm auch ein gutes Herz, einen wachen Geist und den festen Willen mitgegeben hatte, die Welt und sich selbst nicht verlorengehen zu lassen. Und damit niemand so schnell auf die Idee kommen konnte, auch dieses Geschöpf zum Verschwinden zu bringen, gab er ihm die Gestalt eines neugeborenen, hilflosen Kindes. Dieses legte er in den Schoss einer unscheinbaren, armen Schreinersfrau aus einem winzigen Dorf im fernen Israel und liess ihm den Namen «Christus» geben. Dann wartete er gespannt darauf, was weiter geschehen würde.

Die Feder

Maria bekommt Besuch. Übermütig hüpft der Engel Gabriel über die Berge und Hügel und flattert dabei mit seinen weissen Flügeln. Dann schleicht er leise zum Haus, das er bisher nur aus der Vogelperspektive gekannt hat, und ist erstaunt, wie klein es ist. Vorsichtig schaut er durch das Fenster, ob Maria zu Hause ist. Da sitzt sie, ganz allein, und wie in Gedanken versunken. Josef, ihr Verlobter, ist nicht da. Ihn hört man aus der Werkstatt nebenan mit dem Hammer hantieren. Da macht Gabriel die Tür auf und begrüsst die junge Frau, die schnell aufgesprungen ist. Er umarmt sie mit seinen weichen weiten Flügeln und flüstert ihr dann leise etwas ins Ohr. Maria wird rot und versteckt ihr Gesicht schnell hinter ihren Händen.

Was hat Gabriel da nur gesagt?

Niemand kann es wissen, und eigentlich geht es uns ja auch gar nichts an, denn schliesslich ist Maria verlobt, und zwar nicht mit Gabriel. Aber Lukas, der Berichterstatter, hat Wind davon bekommen. Niemand weiss, wer da geplaudert hat, aber in seinem Buch können wir es genau nachlesen.

«Freu dich, Maria! Du wirst von Gott mit seinem Segen beschenkt und er will bei dir sein», sagt der Engel. Das ist eine Liebeserklärung, was denn sonst? Maria ist irritiert, ja fast ein wenig erschrocken. Aber Gabriel lässt sich nicht beirren. Er umarmt sie, als würde er sie schon seit Ewigkeiten kennen – und vielleicht ist das ja auch so –, und dann fängt er an zu flüstern, so nahe an ihrem Ohr, dass es ein wenig kitzelt.

Von einem Kind flüstert er, das bald auf die Welt kommen soll, nicht von irgendeinem, nein, sondern von einem, dem Maria das Leben schenken soll, gerade die Maria, die jetzt verlegen und etwas verwirrt die Hände vors Gesicht schlägt: Geht das nicht alles ein bisschen zu schnell?

Gabriel schildert, wie der Hauch von Gott, der Heilige Geist, zu Maria kommt und wie sie ganz eingehüllt wird von dieser göttlichen Liebe und Gegenwart; wie eine grosse Kraft die junge Frau erfüllt, so dass es ihr fast schwarz wird vor den Augen. Später einmal, sagt der Engel, werde dieses Kind dann neues Leben und neue Hoffnung bringen. Nicht nur für Maria, nicht nur für Josef, der an der Werkbank steht und von seinem Glück noch gar nichts weiss, sondern für alle Menschen, an allen Orten und zu allen Zeiten.

Ja, dieser Gabriel weiss, wie man die Wörter aussucht und so zusammensetzt, dass sie Eindruck machen, und nicht nur ins Ohr, sondern direkt ins Herz gehen. Maria ist das nicht gewohnt. Ihr Josef sagt eher wenig, und Wörter wie *Ewigkeit* oder *Sohn vom Höchsten* oder *Heiliger Geist* gehen ihm nicht so leicht über die Lippen. Und seine Hände sind nicht so weich wie die Flügel des grossen Engels, der da vor ihr steht.

Maria muss noch einmal die Arme ausstrecken und die Federn mit ihren Fingerspitzen berühren. Dann macht sie die Augen zu und fängt an zu flüstern, mehr zu sich selbst als zu ihrem Gegenüber. «Wie du's gesagt hast, so soll es kommen», sagt sie.

Dann ist es einen Moment lang ganz still, und Maria weiss, dass sie diesen Moment nie mehr in ihrem Leben vergessen wird. Erst ein feines Flattern weckt sie aus ihrer Versenkung, und als sie wieder aufschaut, ist sie allein. Eine kleine weisse Feder liegt vor ihr auf dem Boden. Sie nimmt sie auf und streicht damit über ihre Lippen. Du wirst immer bei mir sein, denkt sie, und fängt leise an zu singen.

Maria bekommt Besuch. Josef hat seine Balken und Bretter und die Werkzeuge in der Werkstatt liegen gelassen und ist mit seinen schweren Schuhen über den Hof zum Haus marschiert, wo seine Verlobte zu

Hause ist. Er geht zum Fenster und wirft einen Blick hinein. Ja, da sitzt Maria, ganz allein, wie in Gedanken versunken. Wie schön sie ist, denkt Josef, und sein Herz schlägt ein paar Takte schneller. Dann geht er zur Tür.

Aber Josef geht nicht ins Haus. Er getraut sich nicht. Gestern hat ihn Maria wütend weggeschickt. Sie müsse sich das noch einmal gut überlegen mit dieser Verlobung, hat sie gesagt. Wenn das so weitergehe mit dieser Eifersüchtelei, könne er das Heiraten glatt vergessen. Dabei hat er nur gesagt, dieser Gabriel, der da jeden Tag an ihrem Fenster vorbeischleiche, habe wohl sonst nichts Gescheiteres zu tun. Ist doch wahr. Der mit seinen grossen Tönen und dem feinen Stöffchen! Wenn der einmal vom Morgen früh bis spät am Abend auf dem Bau arbeiten müsste, würde ihm das Laferen auch vergehen.

Aber damit ist er bei Maria gar nicht gut angekommen. Ihre Augen haben geblitzt und die Wangen sind feuerrot geworden und dann hat sie sich schluchzend umgedreht und gesagt, er solle sie jetzt in Ruhe lassen und machen, dass er fortkomme. Was ist ihm da anderes übriggeblieben? Wie ein begossener Pudel hat er die Tür hinter sich zugemacht und ist in seine Werkstatt gegangen. Dort haben die Hammerschläge dann noch ein bisschen lauter getönt als sonst.

Jetzt, nach einer halb schlaflosen Nacht, steht er da vor Marias Haus und weiss nicht, ob er vorwärts oder rückwärts gehen soll. Er weiss nur, dass es ihn mit aller Macht zu den Augen zieht, die ja nicht nur wütend funkeln, sondern auch zärtlich strahlen können, und zu dem Gesicht, das nicht nur vor Wut, sondern manchmal auch vor Liebe seine Farbe wechselt. Jedenfalls ist er bist jetzt davon ausgegangen. Aber vielleicht hat er sich auch getäuscht.

Josef dreht sich um und will gehen. Er wüsste nicht, was sagen, wenn er jetzt ins Haus ginge. Da hört er Marias Stimme. Sie singt. Es ist ein altes Lied, ein Lied von der Sehnsucht nach der Liebe und nach dem Gesicht eines Menschen, der einem lieber ist als das Leben. Josef kennt es. Maria singt es immer dann, wenn sie besonders glücklich ist. Oder besonders traurig.

Josef bleibt stehen und wartet, bis der letzte Ton verklungen ist. Dann geht er zur Tür und macht sie auf. Maria schaut ihn an. In ihrem Schoss liegt eine weisse Feder. Josef stolpert über die Schwelle. Er sagt nicht «Freu dich, Maria» und von Gott sagt er auch nichts. Er steht nur da, schaut hinab auf seine schweren Schuhe und weiss nicht, wo er mit seinen Händen hinsoll.

Da spürt er, wie etwas Weiches, Feines über sein Gesicht streicht und wie zwei Arme sich um seinen

Hals legen. Die Stimme, die gestern noch so entrüstet war, tönt jetzt ganz leise an seinem Ohr. «Ich muss dir etwas sagen», flüstert sie. «Aber behalt es für dich. Es ist noch ein Geheimnis.»

Nachtlektüre

In der Nacht, als Jesus geboren wurde, konnte der liebe Gott nicht schlafen. Unruhig drehte er sich in seinem weichen Wolkenbett hin und her, läutete ab und zu nach einem Engel und bat um ein Glas Wasser oder versuchte in seinem Lieblingsbuch zu lesen – aber nichts half ihm. Der Schlaf wollte und wollte nicht kommen. Ein Gedanke jagte den anderen und liess ihm keine Ruhe.

Der liebe Gott dachte an das junge Mädchen, das sich in dieser Nacht zusammen mit ihrem schweigsamen Verlobten keuchend durch das judäische Bergland schleppte. Sie erwartete jeden Augenblick ihr Kind, und immerhin hatte er, der liebe Gott, dafür selber die Vaterschaft übernommen. Jetzt war er sich nicht ganz sicher, ob er nicht doch bei der Geburt anwesend sein sollte. Maria würde sich bestimmt freuen. Aber Josef könnte ihm diesen Besuch leicht übelnehmen, und eine Eifersuchtsszene war nun wirklich das Letzte, was der liebe Gott noch brauchen konnte.

Überhaupt war er gar nicht mehr so sicher, ob die Idee mit der Vaterschaft so gut war, wie es ihm in der ersten Begeisterung erschienen war. Er war beim Lesen seines Lieblingsbuchs darauf gekommen. Dieses Buch erschien in Fortsetzungen, und eines Tages hatte ihm der für Bücher zuständige Engel verschmitzt lächelnd den neuesten Band gebracht. Er trug den seltsamen Titel «Jesaja». Ziemlich am Anfang dieses Bands hatte der Bücherengel ein Eselsohr in eine Seite gemacht (obwohl er genau wusste, dass sein Chef Eselsohren in seinen Büchern ganz und gar nicht leiden konnte), und als der liebe Gott das Heft dort aufschlug, las er: «Gott selber wird euch ein Zeichen geben, siehe, die junge Frau ist schwanger und gebiert einen Sohn, und sie gibt ihm den Namen Immanuel, das heisst Gott mit uns.»

Der liebe Gott hatte immer grosse Freude, wenn er wieder etwas über sich lesen durfte. Die Menschen, die sein Lieblingsbuch schrieben, hatten eine grenzenlose Phantasie, und der liebe Gott erfuhr beim Lesen immer wieder viel Neues und Erstaunliches über sich. Auch die Idee, selber noch einmal Vater zu werden, auf die ihn dieser Jesaja gebracht hatte, war für ihn neu und aufregend, und tagelang konnte er an nichts anderes mehr denken. Er malte sich aus, wie es wäre, der göttliche Vater eines kleinen Menschenkindes zu sein, und als er das nächste Heft der

Fortsetzungsgeschichte in den Händen hielt, schlug er es sofort an der Stelle auf, die der Bücherengel wieder mit Eselsohren versehen hatte.

«Ein Reis wird hervorgehen aus dem Stumpf Isais und ein Schoss aus seinen Wurzeln Frucht tragen», hiess es da. «Auf ihm wird ruhen der Geist Gottes, der Geist der Weisheit und der Einsicht, der Geist des Rates und der Stärke, der Geist der Erkenntnis und der Gottesfurcht.» Der liebe Gott war sehr geschmeichelt, als er das las, und auch die nächsten Sätze gefielen ihm gut: «Er wird die Armen richten mit Gerechtigkeit und den Elenden im Land Recht sprechen mit Billigkeit; er wird den Tyrannen schlagen mit dem Stab seines Mundes.» Den letzten Ausdruck verstand der liebe Gott zwar nicht ganz genau, und der Anspruch, der da an ein Menschenkind gestellt wurde, schien ihm doch ein bisschen gar hoch; aber er liess sich auch dadurch von seiner Begeisterung nicht abbringen.

Im Geheimen begann er seine Vorbereitungen zu treffen. Maria aus Nazaret, die ihm schon lange gut gefallen hatte, sollte die Mutter seines Kindes werden. Dass sie mittlerweile verlobt war, übersah der liebe Gott in seinem Eifer. Dafür zitierte er den Chorleiterengel zu sich und befahl ihm, in den nächsten neun Monaten einen Choral einzuüben, der alles übertreffen sollte, was an himmlischen Chorälen bisher zu hören gewesen war. Die Geburt sollte mit Glanz und Gloria in Nazaret stattfinden, und er selbst, der liebe Gott persönlich, wollte sich dort als herrlicher himmlischer Vater zu erkennen geben.

Aber dann kam alles anders. Der wortkarge Josef reagierte gekränkt und wütend auf die merkwürdige Schwangerschaft seiner Verlobten und den lieben Gott begann das schlechte Gewissen zu plagen. Ausserdem – und das war das Schlimmste – machte ihm der Kaiser, der sich nicht ganz unbescheiden Augustus, der Erhabene, nannte, einen dicken Strich durch die Rechnung: der wollte in seiner ganzen Erhabenheit die absolute Kontrolle über seine Untertanen und zitierte sie deshalb auf die Kanzleien ihrer Heimatorte, um sie dort in Registern zu erfassen.

Maria, seine Maria, war jetzt deshalb erschöpft und atemlos unterwegs in einer armseligen, ihr fremden Gegend, die nur gerade von ein paar noch armseligeren Hirten und ihren Schafen bevölkert wurde: eine denkbar schlechte Kulisse für ein himmlisches Schauspiel. «Den Tyrannen wird er schlagen mit der Macht seines Mundes», dachte der liebe Gott, aber sein schlechtes Gewissen wurde dadurch nicht besser, im Gegenteil.

Und jetzt lag er da in seinem Wolkenbett, schlaflos und schwitzend, und der Zweifel quälte ihn: War es richtig, den armen Josef einfach auf die Seite zu schieben und sich selber als Supervater an seine Stelle zu setzen? War es richtig, Maria ungefragt zu einem Kind zu verhelfen? War es richtig, nach Tyrannenart einen derart triumphalen Auftritt zu inszenieren? Stellte er sich damit nicht selber in eine Reihe mit Augustus und Konsorten? Machte er sich dadurch nicht am Ende ganz und gar unglaubwürdig?

Unter sich hörte er die Engel ihr Hosianna ein letztes Mal üben. Die Hirtenhunde auf dem Feld wurden misstrauisch und begannen zu bellen, und Maria, seine Maria, schrie laut in den letzten Wehen. Der Verzweiflung nahe griff der liebe Gott noch einmal nach seinem Lieblingsbuch, schlug es beim ersten Eselsohr auf und las: «Gott selber wird euch ein Zeichen geben, siehe, die junge Frau ist schwanger und gebiert einen Sohn, und sie gibt ihm den Namen Immanuel, das heisst Gott mit uns.»

«Gott mit uns», wiederholte der liebe Gott, und auf einmal war ihm alles klar, und der Zweifel und die Unruhe fielen von ihm ab.

In Windeseile verliess er seine weiche, majestätische Wolke, und mit einem mächtigen Schrei erwachte er in Betlehem zu einem neuen Leben.

Ein Bett für das Christkind

Es ist der siebte Tag der Woche, kurz vor Weihnachten. Der liebe Gott liegt auf seinem weichen Wolkenbett und denkt nach. Seit Monaten weiss er jetzt schon, dass er für Weihnachten ein Geschenk braucht. Immerhin kommt dann ein Kind auf die Welt, mit dem ihn eine ganz besondere Geschichte verbindet. Die Frage, die ihn beschäftigt, ist: Was soll er diesem Kind bloss schenken?

Der kleine Bub, der bald sein Leben auf der Erde anfängt, hat schon das Nötigste. Er hat eine liebevolle Mutter, die ihm das Leben schenkt, einen Vater, der trotz allen Schwierigkeiten zu ihm steht, und er hat ein grosses Herz und einen hellen Kopf, die ihn auf seinem Lebensweg auszeichnen werden. «Was will man eigentlich mehr?», seufzt der liebe Gott, und macht für einen Augenblick die Augen zu, weil er an die vielen Mädchen und Buben denken muss, die sonst alles haben, aber eben gerade das nicht: liebevolle und verlässliche Eltern und eine Lebensfreude, die tief von innen heraus leuchten darf.

Er hat schon alles, was er braucht, sagt sich der liebe Gott, und was er nicht hat, braucht er nicht. Keine Höhle wie die Füchse, kein Nest wie die Vögel, keinen Titel wie die Gelehrten und keine Krone wie die Könige. Aber am Anfang muss es ein Kind schön haben. Es braucht ein Dach über dem Kopf, etwas zu essen und ein warmes weiches Bett. Um das Dach muss ich mich nicht weiter kümmern. Das habe ich an einen Wirt in Betlehem delegiert. Bei diesem Gedanken muss der liebe Gott ein bisschen die Stirn runzeln, denn er ist inzwischen nicht mehr restlos davon überzeugt, ob die Sache mit der Unterkunft nicht besser Chefsache geblieben wäre. Für das Essen sorgt Maria – seine Stirn wird wieder glatt – nur das Bett fehlt noch.

Ein Bett für meinen Kleinen, denkt der liebe Gott und streckt seine müden Glieder wohlig auf der weichen Wolke aus. Das ist es! Das ist die Idee! Ein schönes weiches Bett, das in dieser kalten Nacht genug Wärme gibt, damit der erste Schritt ins Leben gelingt. Sein kleines Gesicht soll strahlen, freut sich der liebe Gott, und sein Mund soll lachen. Es ist genug Dunkel und Angst in der Welt. Wenigstens heute soll es mein Bub gut haben. Er braucht ein Bett!

Die Idee, dass ein Bett das richtige Weihnachtsgeschenk für den kleinen Sohn von Maria und Josef ist, beglückt den lieben Gott. Bekanntlich ist die

Idee für ein Geschenk das Entscheidende. Der Rest ist eine Frage der Organisation. Dazu kommt, dass ein Gedanke im Kopf des lieben Gottes schon fast so viel wie die Sache selbst ist. Das, was bei ihm im Kopf und im Herzen schon da ist, muss nur noch ausgesprochen werden, und schon ist es da. So war es ja auch schon ganz am Anfang aller Zeiten. Der liebe Gott sagte: «Licht!» Und es wurde hell. Er sagte: «Erde!» Und schon war ein Lebensraum da. Er sagte: «Gras und Bäume!» Und alles wurde grün, zur grossen Freude der Tiere, die nachher auf die Erde kamen, der Kaninchen, Pferde, Esel und Rinder, denn sonst wären die ja glatt verhungert.

Die Frage ist jetzt nur noch: was für ein Bett?, überlegt der liebe Gott und greift mit seinen grossen Händen in seine flauschige Wolkendecke. Ein Bett aus Wolken, wie ich eines habe, kommt nicht in Frage. Wolken sind für Menschen ungeeignet. Entweder sie verlieren den Kopf darin oder sie fangen an abzuheben. Im dümmsten Fall – bei diesem Gedanken werden dem lieben Gott die Knie etwas weich – fallen sie hindurch und landen unsanft wieder in der Wirklichkeit. Nein, es muss etwas Handfesteres sein, etwas Irdischeres. Mein Bübchen soll ja schliesslich ein Mensch werden, kein Engel.

Wie wär's mit Wasser?, schiesst es dem lieben Gott durch den Kopf. Da hat ihm der Postengel doch gerade vorgestern einen Prospekt gebracht. «Schlafen wie im Himmel – mit Wasserbetten» heisst es darauf und aus dem Bild darunter schaut eine hübsche junge Menschenfrau von einer riesigen Matratze aus treuherzig zu ihm auf. Nein, denkt der liebe Gott, so leicht lasse ich mich nicht erwischen. Wenn ich an die letzte Überschwemmung denke, die ich angerichtet habe, wird mir jetzt noch ganz anders. Damals habe ich dem Noah hoch und heilig versprochen, dass so etwas nicht noch einmal passiert. Und damit hat es sich. Punkt.

Der liebe Gott setzt sich in seinem Bett auf, geht ans Wolkenfenster und schaut hinab in die Dämmerung, die sich langsam über die Erde legt. «Ein gutes Gewissen», durchzuckt es ihn. Damit liegen ihm wohlmeinende Menschen doch immer in den Ohren. «Ein gutes Gewissen ist ein sanftes Ruhekissen.» Aber auch wenn eifrige Pädagogen diesen Spruch noch so häufig wiederholen, der liebe Gott hat daran seine Zweifel. Einen ruhigen Schlaf haben auch Henker und Folterer, denkt er. Nein, mit Moral will er diesem neuen Leben nicht schon gleich am Anfang kommen. Er braucht etwas Gescheiteres, etwas Einfacheres. Nachdenklich schaut er hinaus in die einbrechende Dunkelheit.

Da regt sich etwas weit unten auf der Erde, dort, wo bald ein neues Leben erwachen soll. Der liebe

Gott hört ein heiseres «Iaah» und gleich darauf ein dumpfes «Muuuh». O Jesses, denkt er, da hat jemand Hunger!

Im selben Augenblick wird ihm alles klar. Die Erinnerung an längst vergangene Zeiten wird in ihm wach, an die Tage, als zum ersten Mal auf seiner Erde dieses «Iaah» und dieses «Muuuh» zu hören waren; damals, als die gerade geschaffene Sonne das erste Grün trocknete; damals als der Duft des Sommers sich in dem trockenen Gras verfing; damals, als dieser Duft des Heus ihm, dem lieben Gott, so verlockend und wohlig in die Nase gestiegen war – dieser Duft mit seiner Verheissung von Licht und Wärme, von Leben und Lachen, dieser Vorgeschmack auf einen ewigen Sommer und ein ewiges Licht. «Danke», murmelt der liebe Gott, «danke euch zwei!»

Und dann holt er tief Luft und sagt das Zauberwort.

Der Stock des alten Hirten

Als die Sonne aufgeht, blinzeln die Hirten verschlafen ins Licht des neuen Tages. Weit verstreut liegen sie bei ihren erloschenen Lagerfeuern. Auch Jakob öffnet die Augen und streckt sich unter seiner Wolldecke. Er hat eine schlechte Nacht gehabt. Zuerst ist ein Wetterleuchten am Himmel gewesen, als ob da oben alles durcheinandergeraten wäre, dann hat es gedonnert und der Wind hat seine wilden Lieder gepfiffen. Schliesslich haben ein paar andere Hirten offenbar noch spät in der Nacht ein Fest gefeiert, zu dem er nicht eingeladen worden war. Ein Lied nach dem anderen haben sie mit ihren rauen, lauten Stimmen gesungen, sodass Jakob kaum zur Ruhe gekommen ist.

Jetzt tun ihm alle Gelenke weh, vor allem das eine Knie. Schliesslich ist er nicht mehr der Jüngste, und das Schlafen auf dem harten Boden macht ihm immer mehr zu schaffen. Er streckt die Hand nach seinem Stock aus. Der liegt beim Schlafen immer neben ihm und hat ihm schon manchen guten

Dienst geleistet. Wenn die Schafe in der Nacht unruhig werden, steht Jakob auf, nimmt den Stock und hat so schon oft einen streunenden Hund oder sogar einen Räuber vertrieben, der die Gegend unsicher machte.

In letzter Zeit ist der Stock aber vor allem zu einem Hilfsmittel geworden, auf das Jakob sich beim Gehen stützen kann. Er hat nämlich oben eine Astgabel, die Jakob sorgfältig mit Schafwolle gepolstert und mit alten Stofflappen umwickelt hat. So kann er den Stock unter den Arm klemmen und damit sein schmerzendes Knie entlasten.

Manchmal lachen die Kinder, die vor den Dörfern spielen, wenn er mit seinem Stock daherkommt und ein paar Schafe holt oder zurück in den Stall bringt. «Das Dreibein kommt, das Dreibein kommt!», rufen sie und suchen schnell nach einem Stecken, mit dem sie so herumhumpeln können wie er. Jakob sagt nie etwas, aber weh tut es ihm schon. Einmal ist er mit seinem Stock auf die Kinder losgegangen, natürlich ohne Erfolg. Bis er angehumpelt kam, waren die schon längst über alle Berge, und er selbst schämte sich sehr.

Und jetzt liegt er also hier, der alte Jakob, neben der Asche des ausgebrannten Feuers, und angelt nach seinem Stock, um damit aufzustehen. Auf der rechten Seite, wo er sonst immer liegt, findet er ihn

nicht. Seltsam, denkt er, der müsste doch da sein. Habe ich ihn auf die andere Seite gelegt? Aber auch dort ist der Stock nicht zu finden. Jakob erschrickt. Er braucht seinen Stock, es ist ein selten gerader und starker Stecken, und ausserdem ist er ihm wichtig als Erinnerung. Er ist ein Geschenk seiner Frau. Als er angefangen hatte, Schafe zu hüten, weil sonst keine andere Arbeit mehr zu finden war, hat er ihn bekommen. In die Rinde hat seine Frau ihre beiden Namen eingeritzt: Jakob und Elisabeth. Viel mehr ist ihm von Elisabeth nicht geblieben, aber manchmal dünkt es ihn, sie sei trotzdem noch immer bei ihm und stütze ihn, wenn er mühsam mit seinen Schafen unterwegs ist.

Jakob dreht sich auf die Seite, stützt sich mit der Hand ab und steht langsam auf. Er macht ein paar holperige Schritte, dann findet er Halt unter den Füssen. Er schaut um sich. In der Nähe weiden seine paar Schafe. Sonst ist weit und breit niemand mehr zu sehen. Die Jungen sind schneller, denkt er, der Meister hat recht, wenn er seine Schafe bald einem anderen zum Hüten gibt. Dann ruft er das Leitschaf und krault ihm, als es kommt, den Kopf. «Komm», sagt er, «wir müssen. Der Meister wartet.»

Jakob beisst die Zähne zusammen und versucht, aufs rechte Bein zu stehen. Es tut weh, aber wenn er schnell auf den anderen Fuss wechselt, geht es. So humpelt er mit den Schafen auf das Städtchen zu. Als er näherkommt, begegnen ihm immer mehr Leute, einzelne Reisende und ganze Familien mit Gepäck. Jakob weicht aus, wo er kann. Die Leute schwatzen oder pressieren und schauen kaum um sich. Auch der Wächter am Stadttor ist beschäftigt. Früher hatten sie zusammen Schafe gehütet, aber jetzt, als römischer Beamter, dreht er den Kopf, wenn er ihn sieht. Jakob ist es egal.

Die Strassen von Betlehem wimmeln von Leuten und Tieren. Es ist laut und stinkt nach Schweiss und Mist. Jakob muss aufpassen, dass ihm keines von seinen Schafen verlorengeht. Der Meister hätte keine Freude. Schliesslich erreicht er den Stall. Er geht mit dem Leitschaf hinein und bindet es an. Die anderen Schafe trotten brav hinterher und werden ebenfalls angebunden. In einer Ecke bei der Futterkrippe liegt ein Haufen Stroh. Jakob lässt sich hineinfallen – um richtig abzusitzen, fehlt ihm die Kraft. Er betrachtet sein Knie. Es tut weh und ist geschwollen.

Im Stroh findet er ein paar Stofffetzen. Jemand muss sie vor kurzem noch gebraucht haben. Die Ränder des Stoffs sehen frisch gerissen aus. Jakob nimmt die Lumpen und fängt an, sie zu einem Band zusammenzuknüpfen. Das Muster auf dem Stoff kommt ihm bekannt vor, aber er weiss nicht, woher. Als der Streifen fertig ist, taucht er ihn in den Wasserkessel der Schafe, der in der Nähe steht, und wickelt das Band um sein schmerzendes Knie. Das kühlt wunderbar. Jakob staunt, wie schnell der Schmerz abnimmt. Dann legt er den Kopf ins Stroh und streckt die Beine aus. Von unten her schaut er zum Dach hinauf. Es ist in schlechtem Zustand, brüchig und verwittert. «Grad wie ich», denkt Jakob.

Und dann sieht er seinen Stock. Oberhalb der Krippe ist er zwischen Wand und Dach eingeklemmt. Jakob schaut und schaut. Es gibt keinen Zweifel: es ist sein Stock. Kurz entschlossen steht der alte Mann auf. Sein Knie hat er vergessen. Er streckt die Hand aus und will den Stecken packen. Da sieht er gerade noch, was er damit anrichten würde. Ein Griff, und das ganze Dach würde zusammenbrechen und ihn samt den Schafen unter sich begraben. Jakob staunt. Da muss ein Fachmann am Werk gewesen sein, denkt er, aber wie kommt der zu meinem Stock?

Da fällt sein Blick auf die Krippe unter dem brüchigen Dach. Sie ist weich mit Stroh gepolstert und mit Stofffetzen ausgelegt. Jetzt weiss Jakob, woher dieser Stoff kommt, und er weiss auch, wofür er gebraucht worden ist. Er sieht die Vertiefung in der Mitte der Krippe. Er hat selber Kinder gehabt und kein Geld für eine Wiege oder ein Bett. Sein Blick wandert noch einmal hinauf, zum Stock, und es wird ihm wunderbar warm ums Herz.

«Hast ein Leben gerettet», murmelt er, «ein neues.» Und es ist ihm, als ob aus der dunklen Rinde ein lieber Name leuchtete, stärker als je zuvor.

Wo Fuchs und Hase sich gute Nacht sagen

Schon die ganze Nacht war der Fuchs auf den Beinen. Er wusste: diesmal musste es klappen. Diesmal musste er satt werden. Es war höchste Zeit. Sein Bauch knurrte wie wild, denn seit vielen Tagen hatte er ausser ein paar mageren Mäusen nichts mehr gefressen. Ausserdem taten ihm die Beine weh, so lange war er schon unterwegs. Jetzt ging es schon gegen Morgen zu, und es war eisig kalt. Zum Glück war es wenigstens nicht mehr weit bis zu seiner Höhle.

Auf einmal tauchte vor ihm ein alter, halb zerfallener Stall aus der Dämmerung auf. Der Fuchs erstarrte und witterte. Es konnte keinen Zweifel geben, dort drin bewegte sich etwas. Er spitze seine Ohren und lauschte. Ganz bestimmt: dort drin, vor dem kalten Wind gut geschützt, hatte es sich versteckt: es – sein Nacht- oder bald schon Morgenessen, ein feiner, zarter Hasenbraten. Dort drin sass er.

Vorsichtig schlich der Fuchs gegen den Wind zum Stall, duckte sich ganz an den Boden, stellte noch einmal die Ohren auf und schnupperte. Dann sprang er mit einem einzigen Satz los und packte den Hasen, der zitternd in einer Vertiefung am Boden sass.

Der Hase erschrak furchtbar und schrie so, wie nur Hasen schreien können. Der Fuchs zuckte zusammen. Der Schrei tat ihm unerträglich weh in den Ohren, und das rettete dem Hasen das Leben, wenigstens für den Moment.

«Tu mir nichts! Bitte, Fuchs, lass mich am Leben!», wimmerte der Hase, als er sich vom allerersten Schreck erholt hatte. «Sei gnädig mit mir, und ich mache dir ein wunderbares Geschenk.»

Der Fuchs war froh, dass das schrille Geschrei ein Ende hatte und wunderte sich sehr über die Kühnheit seines Nachtessens. «Du, mir ein Geschenk?», fragte er den Hasen. «Was soll denn das sein? Das einzige Geschenk, das du mir machen kannst, bist doch du selbst. Komm her und lass dich fressen!»

«Bist du denn nicht furchtbar müde?», gab der Hase zurück. «Tun dir nicht die Beine weh und frierst du nicht ganz fürchterlich?»

«Oh ja, und wie!», sagte der Fuchs. «Einmal so richtig tief schlafen können, mich ausruhen und an einem warmen Ort einkuscheln und träumen – wie schön wäre das – schöner noch als das feinste Essen!»

«Den Wunsch kann ich dir erfüllen», sagte der Hase, «vorausgesetzt, dass du mich jetzt am Leben lässt.»

«Wirklich?», wunderte sich der Fuchs. «Und wie soll das denn gehen?»

«Geh zurück zu deiner Höhle», sagte der Hase. «Leg dich hinein, mach die Augen zu, und alles andere geschieht dann ganz von selbst. Das verspreche ich dir. Gute Nacht!»

Vielleicht lag es an dieser besonderen Nacht, an der Müdigkeit des Fuchses oder daran, dass der Hase so unerschrocken geredet hatte. Der Fuchs zottelte auf jeden Fall davon, legte sich todmüde in seine Höhle und hatte dort den schönsten Traum, den er je gehabt hatte. Um ihn herum war es so herrlich warm, als ob sommerliche Sonnenstrahlen seine müden Glieder wärmten. Der Duft der wunderbarsten Speisen stieg ihm in die Nase, und von weit weg hörte er eine zauberhafte Melodie, die vom Himmel herab zu kommen schien. Etwas streichelte und kraulte sein struppiges Fell, und die ganze Welt war in ein sanftes, warmes Licht getaucht, wie er es noch nie zuvor gesehen hatte. So verschlief der Fuchs den ganzen Tag vom frühen Morgen bis zum späten Abend.

Dem Hasen aber war nicht mehr nach Schlafen zumute. Das schlimme Erlebnis in der Nacht hatte ihn viel zu sehr aufgeregt. Obschon er sonst gerne den Tag verschlummerte, konnte er jetzt kein Auge mehr zu tun. Deshalb beschloss er, sich durch Arbeit ein wenig von seinem Schrecken abzulenken und sein Nest im Stall auszubauen. Gleich nach Sonnenaufgang ging er aufs Feld hinaus, sammelte alle trockenen Gras- und Strohhalme, die er finden konnte, und schleppte sie zurück zum Stall. Dort legte er sie sorgfältig in seine Grube und polsterte die Lücken mit weichen Hasenhaaren aus. Diese Arbeit beschäftigte ihn den ganzen Tag. Erst als die Sonne schon am Untergehen war, merkte er, wie müde ihn das Hin und Her gemacht hatte, und gerade wollte er die letzten Halme holen, als auf einmal der Fuchs vor ihm stand.

«Guten Abend», sagte der Fuchs. «Nein, nein, schau nicht so! Du musst keine Angst haben. Ich habe eine gute Nachricht für dich. Du hast mir nämlich die Nacht und den Traum meines Lebens geschenkt. Im Schlaf habe ich ein wahres Wunder erlebt. Und deshalb fresse ich dich jetzt auch nicht. Du siehst müde aus. Geh ins Bett und schlaf dich aus. Es wird dir nichts geschehen, dafür sorge ich», sagte der Fuchs, bellte noch ein heiseres «Gute Nacht, Hase!» und verschwand dann so schnell und so leise, wie er gekommen war.

Der Hase wunderte sich sehr. Aber er nahm das Angebot des Fuchses gerne an. Er hoppelte zum Stall zurück, um sich in sein weiches, warmes Nest zu legen und sich auszuruhen. Aber was war das? Der Stall war besetzt! Zwei Menschen sassen darin, ein männlicher und ein weiblicher. Neben ihnen stand ein Tier mit langen Ohren und ganz in der Ecke eines, das zufrieden vor sich hin muhte. Und zwischen ihnen, im weichen Nest am Boden, lag noch ein anderes Lebewesen, ein kleineres, kaum grösser als der Hase selbst. Es war in Tücher eingewickelt und schlief tief und fest.

Dem Hasen blieb nichts anderes übrig, als umzukehren und sich in der Nähe unter einem Strauch ein anderes Versteck für die Nacht zu suchen. Dort legte er sich hin und schlief fast auf der Stelle ein, so müde war er. Einmal glaubte er noch das Blöken von Schafen zu hören, dann raue Männerstimmen und das Wimmern des kleinen Lebewesens, das im Stall in seinem Nest lag. Aber vielleicht war das alles auch nur ein Traum. Der Hase jedenfalls schlief tief und fest die ganze Nacht und den nächsten Tag noch dazu.

Und der Fuchs? Der konnte nicht einschlafen. Es reute ihn, dass er dem Hasen ein so dummes Versprechen gegeben hatte. Unruhig und hungrig trabte er durch die Nacht, bis er gegen Morgen wieder die Richtung zum Stall einschlug. Aber dort war kein Hase mehr zu sehen. Dafür standen Schafe da, die laut blökten, als sie ihn kommen sahen. Aus dem Stall heraus war ein leises Wimmern zu hören. Irgendwie erinnerte es den Fuchs an seinen schönen

Traum, aber er wusste nicht, wieso, und hatte auch keine Zeit, darüber nachzudenken, denn auf einmal fingen die Hirtenhunde an zu bellen und wollten sich auf ihn stürzen.

Nur mit Mühe und Not konnte der Fuchs ihnen entkommen. Erschöpft schleppte er sich zurück in seine Höhle und fiel dort bei Sonnenaufgang in einen unruhigen Schlaf, aus dem er erst gegen Abend wieder erwachte. Er stand auf und wusste: diesmal musste es klappen. Diesmal musste er satt werden. Es war höchste Zeit. Lautlos machte er sich auf den Weg.

In der Nähe des Stalls erwachte der Hase fast zur gleichen Zeit wie der Fuchs. Er hatte eine Nacht und einen Tag lang geschlafen und war jetzt ausgeruht. Das Feld und der Stall sahen aus wie immer. Es war niemand mehr da.

Irgendwo in der Dämmerung, das wusste der Hase, war der Fuchs unterwegs. Trotzdem hatte er keine Angst.

Die Flöte

Rahel lebt bei den Hirten, die in der Nähe von Betlehem ihre Schafe hüten. Ein richtiges Zuhause hat sie nicht und ihre Eltern hat sie nie recht gekannt. Kurz nach ihrer Geburt ist ihr Vater, der als Sklave bei einem römischen Offizier gearbeitet hatte, geflohen. Niemand weiss, wohin. Das Einzige, was Rahel von ihm geblieben ist, ist eine kleine Flöte, die er für sie geschnitzt hatte, als sie auf die Welt kam.

Die Mutter, Ruth, eine Ausländerin aus dem benachbarten Syrien, war Hebamme. Aber ihr Verdienst war zu klein, um damit überleben zu können. So arbeitete sie, wann es immer es ging, in den Herbergen und Wirtschaften der Gegend, wusch Geschirr, machte die Zimmer und half im Service mit. Um ein Kind ernähren zu konnen, war aber trotzdem nicht genug Geld da. So blieb ihr keine andere Wahl, als das kleine Mädchen beim Stadttor von Betlehem auszusetzen, so wie es damals bei armen Leuten üblich war. Die Flöte legte sie dazu. Es war das Einzige, was sie ihrem Kind mitgeben konnte.

Die meisten Kinder kamen ums Leben, wenn sie ausgesetzt wurden, oder sie wurden als Sklaven verkauft. Aber Rahel hatte Glück. Sie wurde von einem alten Hirten gefunden, der sie zu sich nahm und ihr das Wenige gab, was er sich leisten konnte: etwas zum Essen, eine Arbeit und ein Dach über dem Kopf. Die Flöte bewahrte er an einem sicheren Platz für sie auf, bis sie alt genug wäre, um darauf spielen zu lernen.

Jetzt lebt Rahel bei den Schafen auf dem freien Feld. Sie kennt fast jedes einzelne von ihnen und weiss, wie sie geboren werden, wie sie aufwachsen und was sie zum Leben brauchen. Auch das Melken und das Scheren hat sie gelernt und manchmal, wenn ein Rest Milch oder Wolle übrigbleibt, geht sie ins Städtchen, um ihn dort zu verkaufen oder gegen Salz und Getreide zu tauschen. Wann immer sie ein bisschen Zeit hat, nimmt sie die Flöte hervor, die ihr Vater ihr vor langer Zeit einmal geschnitzt hat, und spielt darauf, was ihr gerade in den Sinn kommt.

Wenn es ihr gut geht, spielt sie fröhliche, helle Melodien, dass die Töne nur so hüpfen – gerade wie die Lämmer, die im Frühling auf die Welt kommen. Wenn sie traurig ist, werden die Töne dunkel und schwer – so wie der Blick ihres Lieblingsschafs, wenn es krank und still vor ihr auf dem Boden liegt.

Heute ist Rahel traurig. Sie sitzt in der Dämmerung auf dem Boden und hat den Kopf auf die Knie

gelegt. Es ist Wind aufgekommen. Ringsherum stehen die Schafe und rupfen bedächtig am kurzen trockenen Gras. Wie gern würde Rahel jetzt auf ihrer Flöte spielen, lange, schwere Töne, die sie in die Nacht hineintragen.

Aber die Flöte ist weg, verloren irgendwo in der Nähe des Städtchens. Dort hatte Rahel am Morgen ein wenig Milch an ein junges Paar verkauft, das mit einem Esel unterwegs war. Die Frau hatte bleich und übernächtigt ausgesehen und die Milch gleich gierig getrunken. Ob es hier irgendwo eine Unterkunft gebe, hatte sie gefragt, und Rahel hatte ihr den Weg zu einer Herberge gezeigt, die ganz in der Nähe am Stadtrand lag. Als Rahel dann zurück zu den Schafen kam, war die Flöte weg – verschwunden, verloren.

Inzwischen ist es fast dunkel geworden. Die Schafe haben sich hingelegt und dösen vor sich hin. Rahel hält es nicht mehr aus in dieser Stille. Sie steht auf und geht hinüber zum alten Hirten. Aber der hat sich schon in seine Decke gewickelt und schläft. Da geht Rahel halt, ohne Adieu zu sagen. Sie nimmt den Weg, den sie am Morgen schon einmal gegangen ist. Der Mond hilft ihr beim Suchen. Aber so sehr Rahel auch die Augen aufmacht und fast jeden Stein am Boden umdreht: die Flöte bleibt verschwunden. Sie kommt an die Stelle, wo sie die Milch verkauft hat. Aber auch dort ist nichts zu finden.

Rahel weint fast vor Wut und Enttäuschung. Sie will umkehren. Da trägt ihr der Wind ein paar Töne zu, Fetzen einer Melodie, die Rahel kennt. Es ist ein Lied, das in der Gegend bei fast allen Festen gespielt wird, eigentlich ein Hochzeitstanz. «Die Herberge», denkt Rahel. «Vielleicht ist dort jemand, der mir helfen kann.» Und sie macht sich auf den Weg.

Ruth ist seit dem frühen Morgen auf den Beinen. Alle Zimmer in der Herberge sind voll von Gästen. Jetzt, am Abend, sitzen sie alle zusammen im grossen Esssaal. Ihre Stimmen und ihr Gelächter füllen den Raum. Essen und Getränke werden bestellt. Ruth kommt kaum nach mit Auftragen und Abräumen. Der Wein fliesst reichlich, und ab und zu fällt ein dummer Spruch. Ruth ist nicht empfindlich und auch nicht aufs Maul gefallen. Aber ihr Kopf dröhnt, Arme und Beine tun weh und sie sehnt sich nach einem stillen, dunkeln Ort, wo niemand mehr etwas von ihr will. Erschöpft lehnt sie sich einen Augenblick gegen die Tür. Im Saal rücken gerade ein paar Musiker ihre Hocker zusammen. «Auch das noch», denkt Ruth.

In dem Moment klopft es hinter ihr an die Tür, ziemlich zaghaft, aber doch laut genug, dass Ruth es hört. Sie dreht sich um und macht auf. Ein hagerer Mann steht da und hält ein Öllicht in der Hand. «Kein

Platz mehr», will sie sagen, da sieht sie die Augen des Mannes, weit aufgerissen, dunkel, verzweifelt. «Ich brauche Hilfe», sagt er mit rauer Stimme. «Da drüben kommt ein Kind auf die Welt», und er zeigt mit dem Kopf hinter sich in die Nacht.

Hört es denn nie auf?, denkt Ruth und schaut in den Saal, auf die vielen Gäste, die bedient sein wollen. Aber dann legt sie sich ihr Tuch um die Schultern und geht hinaus. Die Nacht ist kühl und der Mond scheint hell auf einen Unterstand, zu dem der Mann sie hinführt. Sie treten ein und da sieht Ruth in einer Ecke die Frau. Sie atmet schwer. Dann wimmert sie und aus dem Wimmern wird ein lautes Schreien. Ruth kennt den Schrei. Unzählige Male hat sie ihn schon gehört. Es ist die Klage, die dem neuen Leben vorangeht.

Ruth weiss, was zu tun ist. Sie schickt den Mann weg. Er soll warmes Wasser holen. Dann kniet sie zu der Frau an den Boden. «Ist die jung», denkt sie. Aber dann ist zum Denken keine Zeit mehr, denn auf einmal geht alles sehr schnell. Als der Mann mit dem Wasser zurückkommt, ist das Kind schon da, ein kleiner Bub. Laut und kräftig tönt sein Protest, als seine Lungen sich zum ersten Mal mit Luft füllen. Ruth wäscht das Kind, dann legt sie es zu seiner Mutter. Der Vater steht nur da, etwas unbeholfen, als wüsste er nicht, was jetzt geschehen soll. Dann zieht er etwas aus seiner Manteltasche und legt es zu dem Kind.

Merkwürdig: Ruths Müdigkeit ist wie weggeblasen. Sie will gehen. Das Kind trinkt zufrieden bei der Mutter. Neben ihm liegt eine kleine, aus Holz geschnitzte Flöte. Ruth schaut sie an, und da kommt es über sie wie eine Flut aus längst verlorener Zeit: Sehnsucht, Schuld, Wut und Verzweiflung, alles miteinander bündelt sich in diesem kleinen Instrument, das sie vor Jahren unter dem Stadttor von Betlehem zum letzten Mal gesehen hat.

Schnell will sie einen Schritt darauf zu machen, da hört sie hinter sich einen unterdrückten Schrei. Sie dreht sich um und sieht ein Mädchen, das sein dunkles Gesicht durch den Türspalt steckt. Seine Augen schauen wie gebannt auf die Flöte. Sein Gesicht strahlt. Und auf einmal fängt draussen die Musik an zu spielen und füllt den armseligen Raum und bringt ihn zum Klingen und damit alles, was er an Leben, Wunder und Verheissung enthält.

Josef, der Musiker

Josef ist ein geheimnisvoller Mann. Ausser, dass er eine berühmte Frau und ein noch berühmteres Kind hatte und ein Handwerker war, wissen wir wenig von ihm. Geträumt hat er manchmal noch, das wissen wir auch, und zwar sehr wichtige Träume.

Es gibt von Josef aber noch etwas zu erzählen, was nur die wenigsten Leute heute noch wissen. Josef liebte nämlich die Musik. Er blieb überall stehen, wenn irgendwo auf dem Feld, auf der Strasse oder in einem Dorf Musik zu hören war. Er konnte sich mitten in seiner Arbeit hinsetzen und nur noch zuhören, wenn er den Klang einer Flöte oder einer Trompete oder auch nur eine Trommel hörte. Josef hörte den Instrumenten aber nicht nur zu, er stellte sie auch selbst her. Aus Schilfrohr oder Ton machte er Flöten. Aus Fell und alten Holzfässern machte er Trommeln. Sogar eine Harfe hatte er einmal gemacht. Manchmal spielte seine Maria auf ihr, und auch dann musste Josef mit der Arbeit aufhören, sich hinsetzen, zuhören und vor sich hinträumen.

Aber jetzt steht Josef in dem alten Stall. Zum Arbeiten ist es zu dunkel und er hat ja auch gar nichts dabei, kein Werkzeug und kein Material, das ist alles zuhause geblieben. Maria ist mit dem wunderbaren kleinen Geschöpf beschäftigt, das gerade vorher auf die Welt gekommen ist. Ringsum ist es still, mäuschenstill. Nur der Esel trampelt manchmal ein bisschen auf dem alten Bretterboden herum, und der alte Ochse schnauft vor sich hin. Josef fühlt sich einsam und weiss nicht recht, was er jetzt tun soll. Maria helfen? Die kann das selber doch viel besser. Schlafen? Dafür ist es zu kalt. Ins Wirtshaus hinüber gehen und etwas trinken? Aber er will doch bei seinem kleinen Buben sein, der jetzt so friedlich bei seiner Mutter liegt.

So still liegt das Kind da. Maria hat es gut eingepackt und sitzt mit ihm ganz hinten in der Ecke, dort, wo es nicht so zieht. Daneben trappelt der Esel und der Ochse schnauft. Er hat seinen grossen Kopf ganz nahe bei Maria und dem kleinen Jesus. Wenn er ausatmet, gibt es eine kleine Dampfwolke, und Josef sieht, wie sich der grosse Bauch bewegt, wenn er sich mit Luft füllt und wenn er sie wieder hinauslässt. Jetzt dreht der Ochse seinen Kopf gerade ein bisschen und kommt mit seinem Maul noch näher zu dem winzigen Kind. Maria schaut erschrocken zu ihrem Mann hinüber, als das mächtige Tier die nächste Dampfwolke gerade über den Kopf des winzigen Wesens bläst, das sie im Arm hält.

Aber was ist das? Dem Kind scheint die warme Luft zu gefallen. Es gibt ein leises Geräusch von sich, als der nächste Windhauch über seine feinen flaumigen Haare streicht. Es tönt fast wie singen. Dann füllt sich der Bauch des Tieres neben ihm wieder mit Luft und neuer Schnauf kommt aus der grossen Nase und bläst über den kleinen Kopf und bewegt die Härchen darauf, und auch diesmal kommt ein Ton von dem kleinen Geschöpf. Jetzt klingt er ein bisschen anders, so wie ein Summen.

Josef spitzt die Ohren. Auf einmal ist es nicht mehr so still in dem armseligen Stall. Ein feiner Ton nach dem anderen kommt aus der Ecke, wo das Kind liegt. Immer, wenn der Ochse ausschnauft und die Haare auf dem Köpfchen zu zittern anfangen, wimmert oder summt oder giggelt das kleine Geschöpf ein wenig. Es ist die schönste Melodie, die Josef je gehört hat. Er sitzt neben Maria auf den Boden und kommt ins Träumen. Wenn es ein Instrument gäbe, denkt er, das atmet wie in lebendiges Wesen und die Welt um sich herum zum Schwingen und Klingen bringt, wie schön wäre das.

Und unter dem leisen Schnaufen des Ochsen und dem feinen Gesang seines ersten Kindes hat Josef auf einmal eine Idee.

Stille Nacht

Manuel liegt wach in seinem Bett. Im Zimmer ist es dunkel. Nur durch die Vorhänge kommt ein schwaches Licht. Ab und zu fährt ein Auto am Haus vorbei. Dann sieht Manuel, wie ein heller Fleck durchs Zimmer wandert, von links nach rechts oder von rechts nach links, je nachdem, in welche Richtung das Auto fährt.

Manuel kann nicht schlafen. Die Gedanken gehen hin und her durch seinen Kopf. Sie wandern wie die hellen Flecken an der Wand. Wieso hat er heute wieder nichts gesagt, als die Lehrerin ihm eine Frage gestellt hatte? Er hätte die Antwort gewusst. Jeder hätte sie gewusst. Es ging um eine Geschichte aus der Bibel. Wie hiess der Mann von Maria? Wie hiess der Vater von Jesus?

Manuel hat die Frage noch im Ohr. Wenn er jetzt darüber nachdenkt, weiss er die Antwort ganz genau. Aber im Schulzimmer sind die Worte in seinem Kopf steckengeblieben wie das Wasser im Wasserhahn, wenn man ganz fest zudreht. Nur ein paar

Tropfen kommen dann noch heraus, ein paar gemurmelte Buchstaben, die niemand versteht.

Die Lehrerin ist geduldig. Sie sagt: «Du weisst es, Manuel. Probiere es doch!» Im Klassenzimmer wird es ganz still. Aber es geht nicht. Nur das Gesicht wird warm. Dann beginnt es zu glühen. Wie Manuel das hasst! Wenn er jetzt im Bett daran denkt, krampft sich ihm der Bauch zusammen und die Hände werden zu harten Fäusten. Wenn sein Gesicht so rot und heiss wird, verdampfen die letzten Buchstaben auf seinen Lippen und die Gesichter um ihn herum verschwimmen. Es ist wie in der Wüste. Und Manuel weiss, dass alle da sind und ihn anschauen.

Vom Fenster her kommt ein Brummen, und das Licht bewegt sich über die Wände und über die Decke. Dann ist es wieder still. Manuel liebt diese Stille nachts im Bett. Sie ist anders als die Stille im Schulzimmer, wenn alle auf seine Antwort warten. Es ist merkwürdig, denkt Manuel. Die Stille ist manchmal eine heisse Wüste, in der die Gedanken verdunsten. Und manchmal ist sie ein kühles dunkles Zimmer, in dem die Gedanken hin und her wandern können wie Lichtflecken an der Wand.

Jetzt kommt gerade wieder einer, diesmal von der anderen Seite. Manuel schaut ihm nach und macht dann die Augen zu. Jetzt ist er im Schulzimmer. «Wir wollen jetzt etwas Schwieriges lernen», sagt die Lehrerin. «Manuel wird uns dabei helfen.» Manuel spürt, wie der Wasserhahn in seinem Kopf zugeht. Er spürt, wie die Hitze kommt. «Etwas, was nur wenige Menschen können», sagt die Lehrerin und schaut Manuel dabei an, als würde sie eine Antwort von ihm verlangen. Manuel möchte sich in Luft auflösen, in heisse flimmernde Luft. Aber die Lehrerin stellt keine Frage. Sie steht da und schaut an ihm vorbei. Was sieht sie da nur?

Manuel getraut sich nicht, den Kopf zu drehen. Er weiss, wer hinter ihm sitzt. Er weiss, wer neben ihm sitzt. Er weiss, dass alle zu ihm hinschauen. Sein Gesicht glüht. Aus den Augenwinkeln heraus schaut er nach links. Ob sein Banknachbar weiss, was da geschieht?

Aber seltsam: neben ihm sitzt auf einmal ein Unbekannter, ein bärtiger Mann. Er hat eine Glatze und trägt einen merkwürdigen Mantel, eine Art Umhang aus schäbigem Stoff. Ein paar Strohhalme hängen daran, und ein feiner Stallgeruch geht davon aus. Die Hände hat der Mann vor sich auf den Tisch gelegt: grosse, schwere Hände, die sich nicht bewegen.

«Wir haben heute einen Gast», sagt die Lehrerin. «Er kommt von weit her. Ich glaube, Manuel kennt ihn besonders gut. Er weiss auch, wie er heisst. Gell, Manuel?» Manuel sieht, wie die Lehrerin ihm freundlich zulächelt. Er hört die Frage. Er möchte etwas sagen. Aber er sitzt da, mit rotem Kopf, und sagt nichts. Es ist still im Zimmer. Totenstill und heiss. Wie in der Wüste. Dann sagt die Lehrerin: «Vielleicht möchtest du dich uns vorstellen?»

Manuel spürt, wie es um ihn herum kühler wird. Sein Kopf hört auf zu glühen. Jetzt ist sein neuer Nachbar dran. Aber der sagt nichts. Es bleibt ganz still. Manuel schaut vorsichtig nach links. Er sieht, wie der Mann neben ihm seine Hände betrachtet, die grossen, schweren Hände, die vor ihm auf dem Tisch liegen. Er schaut und schaut. In seinem Gesicht bewegen sich die Lippen. Aber es kommt kein Wort heraus. Dafür verfärben sich die Wangen über dem grauen Bart und die Stirn mit den tiefen Falten unter der Glatze. Der ganze Kopf leuchtet rot und heiss. Manuel kennt dieses Leuchten. Hat er diesen hellen Schein über dem Kopf von Josef nicht auch schon auf Bildern gesehen?

Dann spürt Manuel, wie sich die Stille um ihn herum verändert. Sie wird angenehm kühl. Die Frage der Lehrerin klingt noch darin. Und mit klarer und kräftiger Stimme gibt Manuel jetzt Antwort. Auch wenn er nicht gefragt ist. «Das ist Josef», sagt er. «Ich kenne ihn.» Josef löst den Blick von seinen Händen und schaut zu Manuel. Direkt in die Augen schaut er ihm. «Es ist der Vater von Jesus», ruft Manuel. «Es ist Josef. Josef!»

Der Name klingt so kräftig in die Stille hinein, dass Manuel erwacht. Der Klang seiner Stimme schwebt noch im Zimmer. Durch das Fenster herein kommt helles Licht. Draussen fahren Autos vorbei. Manuel liegt ruhig in seinem Bett. Sein Traum trägt ihn in den neuen Tag.

Puppenweihnacht

Ganz aufgeregt kommt Sofia aus der Schule heimgerannt.

«Mama!», ruft sie, kaum ist die Haustür hinter ihr zugefallen, «Mama, wo ist die Lisa?»

Da keine Antwort kommt, zieht Sofia Jacke und Schuhe aus und wirft beides unter die Garderobe. Dann schüttelt sie energisch ihre Schultasche ab und lässt sie dazu plumpsen.

«Mama, wo bist du?»

«Hier bin ich», kommt es aus der Küche, «am Kochen. Hast du deine Jacke aufgehängt?»

«Jaja – eh nein», sagt Sofia, bückt sich und hängt die Jacke an den Haken. «Weisst du, wo Lisa ist?», ruft sie und stürmt in die Küche. «Ich brauche sie unbedingt! Jetzt sofort!»

«Sie wird in deinem Zimmer sein», sagt die Mutter. «Und wie wäre es mit einem Hallo? Aber geh, schau mal nach. Wenn du aufgeräumt hast, findest du sie bestimmt.»

Sofia fliegt die Treppe hoch. Zwei Stufen auf einmal liegen gerade noch drin. Ihr Zimmer ist nicht aufgeräumt. Aber sie findet die Puppe trotzdem. Unter dem Bett liegt sie, da, wo sie hingehört, zusammen mit zwei anderen Lieblingen. Sofia zieht alle drei hervor, pustet den Staub von ihren Köpfen und betrachtet sie aufmerksam.

Lisa, die Puppe, die sie gesucht hat, ist aus weichem Stoff. Sie hat strubbelige gelbe Haare, die ein wenig wie Wollfäden aussehen. Ihr Kleid war früher einmal hellblau. Ein Auge ist einer stürmischen Umarmung zum Opfer gefallen. Die kleinen roten Schuhe sind irgendwo im Sandkasten verschwunden. Trotzdem ist Lisa Sofias Lieblingspuppe. Sie ist ein Geschenk ihres Göttis, als sie auf die Welt gekommen ist – von ihm selbst genäht. Da war ich noch klein, denkt Sofia, schüttelt nachdenklich den Kopf und zupft Lisa die gelben Haare zurecht. Dann drückt sie ihr einen Kuss auf den Bauch. Sie riecht immer so gut.

Die zweite Puppe ist etwas kleiner, nicht so weich, dafür dunkelbraun mit gekrausten schwarzen Haaren, die ihr wirr vom Kopf abstehen, und einem rosaroten, einteiligen Schlafanzug. Passt prima, denkt Sofia, sieht ein bisschen aus wie Miryam, wenn sie bei mir übernachten darf. Cool.

Der dritte im Bund ist ein Er. Ein flotter junger Mann mit Kurzhaarschnitt, sportlicher Figur, einem schicken Trainingsanzug und einer Aktentasche. Die gehört eigentlich zu einem anderen Outfit, aber egal. Papa und Büro spielen lässt sich auch so. Trotzdem: der kommt ja wohl kaum in Frage, denkt Sofia. Überhaupt komisch, dass der erwachsen sein soll und trotzdem nur halb so gross ist wie die Lisa. Und das Schwarze? Vielleicht muss ich doch Lisa …

«Sofia, essen kommen!», ruft es aus der Küche.

«Ja, gleich», sagt Sofia, packt ihre drei Puppen zusammen, klemmt sie sich unter den Arm und hüpft mit ihnen die Treppe hinunter in die Küche.

«Was willst du denn damit?», fragt die Mutter und will den Teller mit Suppe füllen.

«Das reicht!», ruft Sofia. Dann schnuppert sie misstrauisch am Teller.

«Ich denke, es ist essbar», sagt die Mutter. «Leg jetzt deine Puppen weg. Die gehören nicht an den Tisch.»

«Doch, gehören sie», sagt Sofia. «Ich muss nämlich etwas Wichtiges mit dir besprechen. Wegen dem Krippenspiel, weisst du. Ich bin doch die Maria und …».

«Was für ein Krippenspiel denn?», fragt die Mutter. «Davon weiss ich ja gar nichts.»

«Na das in der Schule! Heute haben wir mit den Proben angefangen und da haben wir die Rollen verteilt und ich bin eben die Maria und ich habe noch kein Kind!»

«Oha», sagt die Mutter, «die Maria. Potztausend! Eine Hauptrolle, doch, doch!»

«Ja, weil ich doch so lange dunkle Haare habe und weil ich gut reden kann», sagt Sofia.

«Ja, das kannst du», lächelt die Mutter. «Und was ist mit diesem Kind, das du nicht hast?»

«Das Christkind, ist doch logisch», sagt Sofia, «wegen dem gibt's doch dieses Theater.»

«Also hör mal», sagt die Mutter, «so musst du es jetzt ja nicht gerade sagen.»

«Das Schultheater, meine ich», sagt Sofia, «das Krippenspiel. Was du immer denkst! Hast du vielleicht schon einmal ein Krippenspiel ohne Kind gesehen, hm? Und jetzt weiss ich eben nicht, welche Puppe ...»

«Also der Barbie-Mann da», sagt die Mutter – «Ken», sagt Sofia –, «also der kommt ja wohl kaum in Frage. Oder was denkst du? Soviel ich weiss, war Jesus zwar schon ein Mann. Aber vermutlich ist auch er nicht als Mann auf die Welt gekommen. Dann schon eher das Schwarze.»

«War Jesus denn schwarz?», will Sofia wissen.

«Auf jeden Fall nicht blond», sagt die Mutter. «Soviel ich weiss.»

«Aber auf den Bildern in meiner Kinderbibel *ist* er blond», triumphiert Sofia. Und er hat ganz leuchtend blaue Augen. Sooo schön!»

«Dann nimmst du halt die Lisa», sagt die Mutter. «Die schleppst du ja sowieso die ganze Zeit mit dir herum.»

«Macht man denn das mit einem Kind?», fragt Sofia. «Und die ist halt ... Also weisst du, die habe ich halt schon so lange, und jetzt ...» Sofia zögert. «War der Jesus nicht ein bisschen schöner, Mama?»

«Das wissen wir nicht», sagt die Mutter. «Niemand weiss es. Man stellt sich das vielleicht so vor. Aber es gibt ja keine Fotos von ihm, und in der Bibel steht nirgends, wie er ausgesehen hat. Schon gar nicht als Baby. Am besten wäre es sowieso, du würdest selber in die Krippe liegen, weisst du.»

«Ich? Aber ich bin doch kein Christkind!», protestiert Sofia.

«Du heisst auch nicht Maria», sagt die Mutter, «und trotzdem spielst du sie.»

«Aber ich bin doch kein Baby mehr!» Langsam verliert Sofia die Geduld. Mütter können nerven.

«Und auch noch keine Frau», lächelt die Mutter und streicht Sofia vorsichtig die Haare aus dem erhitzten Gesicht. Sie schaut ihre Tochter an: «Aber eine Maria bist du schon, eindeutig, auch wenn du Sofia heisst. Und: kannst du dich jetzt entscheiden?»

Amah, die Magd

Auf dieses Kind hatte niemand gewartet. Der Vater war einer der vielen römischen Soldaten, die im Land stationiert waren. Die Mutter, eine Einheimische, selber fast noch ein Kind, versteckte ihre Schwangerschaft aus Angst und Scham. Von dem Moment an, wo sie wusste, dass sie in Erwartung war – wie das so schön heisst –, wurde sie jeden Tag, jeden Augenblick an das Leben in ihr erinnert. Aber sprechen konnte sie mit niemandem darüber.

Und so war auch niemand da, der sich auf das Kind gefreut hätte, kein zukünftiger Vater und keine zukünftigen Grosseltern. Gerade sie hätten am wenigsten Verständnis für dieses Kind gehabt. Hatten sie nicht immer und immer wieder vor der Schande gewarnt, vor der ihre Familie bewahrt bleiben sollte? So oft hatten sie es gesagt, so oft gedroht, dass sie dann keine Tochter mehr hätten. Und dann war es doch so gekommen, lieblos, schnell und brutal. Danach die vielen Wochen der heimlichen Schwangerschaft, allein mit einem Kind, das ein Teil des eigenen Körpers war, und doch von Anfang an fremd, eingebettet nur in die Hilflosigkeit und Verzweiflung der Mutter. Die Geburt, schmerzhaft an einem versteckten Ort. Das Neugeborene, ein Mädchen, rot und schrumpelig, schnell in ein Tuch eingewickelt und vor ein Haus gelegt. Dort hatte es ein Händler gefunden, es zu sich genommen und aufgezogen. Mädchen waren Gold wert. Der Handel mit Menschenleben florierte.

Aber dieses Mädchen liess sich nicht bändigen. Nach neun Jahren nutzte es die erste Gelegenheit zur Flucht, lebte wochenlang auf der Strasse von dem, was es zusammenbetteln oder stehlen konnte. Manchmal half es in den Gasthäusern aus, schleppte Wasser und Futter für die Tiere heran, rüstete Gemüse oder wusch ab. Nachts schlief es zusammengerollt irgendwo auf dem Boden, eher wie ein Hund als wie Kind. Einen Namen hatte es nicht. Niemand hatte ihm je einen gegeben. Die Leute riefen «Amah», wenn sie etwas wollten, Dienstmädchen. So nannte es sich dann auch selber.

Auch der Mann, dem es vor einer Woche auf der Strasse begegnet war, nannte es so. Er war mit einem Esel und einer jungen Frau unterwegs, die kaum noch gehen konnte. Immer wieder war sie stehen geblieben und hatte ihre Arme in die Hüfte gestützt. Amah wusste, was da los war. Dumm war sie nicht, und der grosse Bauch war ja auch deutlich genug. Als sie ihre Hilfe angeboten hatte in der Hoffnung, sich etwas dazuzuverdienen, hatte der Mann sie sofort angenommen. Seither war Amah mit den beiden unterwegs, führte den Esel, besorgte das Futter, trug das Gepäck.

Geredet wurde wenig. Der Mann wirkte brummig und die junge Frau still und schüchtern. Aber manchmal, wenn sie glaubte, dass Amah es nicht merkte, schaute sie mit einem merkwürdigen Blick zu ihr hinüber. Amah konnte keine Wörter lesen, aber Gesichter schon. Nur so hatte sie ja überleben können. Im Gesicht der schwangeren Frau, die mühsam neben ihr ging, sah sie Verwunderung, Nachdenklichkeit, und etwas, was Amah sehr verwirrte: eine fragende, wehmütige Zärtlichkeit.

Nach einigen Tagen kamen die drei in Betlehem an. Amah machte einen staubigen und zugigen Unterstand so zurecht, dass er als Unterkunft einigermassen brauchbar war; darin hatte sie ja Übung. Bei Maria setzten die Wehen ein. Sie hatte sich hingelegt und schrie immer wieder laut auf. Amah musste sich die Ohren zuhalten. Den Schmerz anderer konnte sie nicht auch noch ertragen. Aber dazwischen befolgte sie die Anweisungen, die Maria ihr mit leiser und erschöpfter Stimme gab: warmes Wasser holen, saubere Tücher parat machen. Und dann war das Kind da. Mit einem mächtigen Schrei füllte es den schäbigen Raum und verlangte nach dem, was alle Kinder wollen, wenn sie auf die Welt kommen: Wärme, Nahrung, Halt.

Josef nahm den kleinen Buben und legte ihn in die Arme der Mutter. Und Amah? Sie stand da und sah auf dem Gesicht von Maria wieder diesen Ausdruck, dieses verhaltene, liebevolle, fragende Lächeln. Es wanderte jetzt von Amah zu dem Neugeborenen und dann zu Josef, der neben ihr sass.

Und dann tat Amah etwas, was sie seit Jahren nicht mehr gemacht hatte. Sie hielt die Hände vors Gesicht. Ihr kleiner magerer Körper fing an zu zucken. Sie schluchzte und schluchzte und merkte nicht, wie Josef nachdenklich in das Gesicht von Maria schaute, dann nickte, aufstand und zu ihr herüberkam. Erst als er ihr behutsam die Hand auf die Schultern legte, beruhigte sie sich langsam. Sie schaute auf und sah zu Maria, die sie warmherzig anstrahlte. «Ist er nicht schön», sagte diese leise, «dein kleiner Bruder?»

Der Sturm auf Rothenburg

Am 28. Dezember 1385 stürmte eine Koalition von eidgenössischen Truppen das habsburgische Städtchen Rothenburg. Unter den Angreifern befanden sich Aufständische aus Luzern und wohl auch aus Sempach, das mit Luzern liiert war und wo im Sommer des folgenden Jahres eine entscheidende Schlacht stattfinden sollte. Der Einfall in Rothenburg wurde dadurch erleichtert, dass ein Grossteil der Burgbesatzung an einer Prozession teilnahm, die aus Anlass des «Festes der unschuldigen Kinder» begangen wurde. Dieser Festtag, in der Schweiz auch «Kleinkindlistag» genannt, erinnert an die Neugeborenen, die Herodes gemäss der matthäischen Weihnachtsgeschichte in Betlehem ermorden liess.

Es war kurz nach Weihnachten im Jahr 1385. Im Städtchen Sempach lag Schnee auf den Strassen. Aus den Fenstern der Häuser flackerte Kerzenlicht in den Abend hinein. Da und dort wieherte ein Pferd, das von der Strasse weg in den Unterstand geführt wurde. Die Bauern banden ihre Pferde fest und fluchten, wenn sie die steifgefrorenen Stricke mit ihren dicken Handschuhen nicht zuknoten konnten. Dann klopften sie den Schnee von den klobigen Schuhen und den dicken Mänteln und verschwanden in der nächsten Wirtschaft. Wenn sie die Tür aufmachten, hörte man von innen her lautes Lachen und Reden. Danach war es wieder still auf der kalten dunklen Strasse.

Im «Ochsen» neben dem Surseer Tor ging es heftig zu und her. Manchmal stimmte einer ein raues Lied an oder schimpfte, wenn Eva, die Tochter des Ochsenwirts, den Bierhumpen zu langsam nachfüllte. Eva schleppte Krüge, tischte auf und räumte ab. Zum Ausruhen war keine Zeit, auch wenn sie Ruhe dringend nötig gehabt hätte. Die Beine waren aufgeschwollen und taten ihr weh, der Rücken war ein einziger Schmerz und ihr Bauch kam ihr in den Weg. Darin spürte sie ab und zu einen winzigen Fuss, der sie von innen her drückte. Eva erwartete ein Kind. Und da niemand ausser ihr wusste, von wem, musste sie an diesem Abend ausser dem Fluchen und Grölen auch noch die Sprüche über sich ergehen lassen, mit denen die Gäste im «Ochsen» nicht zimperlich waren.

In einer finstern Ecke der Wirtschaft sassen ein paar hemdsärmelige Kerle zusammen. Sie diskutierten laut und heftig miteinander, und wenn Eva ihnen die gefüllten Humpen wieder auf den Tisch stellte, bedankte sich keiner dafür. Eva war das egal. Wenigstens machten sie keine dummen Witze und liessen sie auch sonst in Ruhe. Merkwürdig war nur, dass jeder der Männer eine Waffe mit in die Wirtschaft gebracht hatte: ein scharf geschliffenes grosses Messer, einen Knüttel, einen schweren Eisenhammer. Einer hatte sogar einen Morgenstern dabei, eine stachlige Eisenkugel, die an einem klobigen Holzgriff befestigt war.

Als Eva gerade wieder eine neue Runde servierte, zuckte sie auf einmal zusammen. Einer der Männer redete von Rothenburg, dem Nachbarstädtchen, und die anderen hörten für eine Weile aufmerksam zu. «Jetzt ist er zu weit gegangen, der Rothenburger», sagte der mit dem Morgenstern. «Das lassen wir uns nicht mehr bieten. Was zu viel ist, ist zu viel.» «Ja», gab der mit dem Hammer zur Antwort. «Da kommt gestern der Junge vom Rothenburger auf den Hof, dieser Schnuderi, und verlangt einen Zins, wie ich ihn seit zehn Jahren nicht mehr bezahlen musste. Die Zeiten seien anders geworden, sagte er, und er tue ja nur seine Pflicht. Der Vater schicke ihn, und ich solle jetzt geben, was halt sein müsse. Ja, gegeben habe ich ihm dann schon etwas», sagte der mit dem Hammer und schüttelte die schwere Faust, «und der

Hasso hatte auch seine Freude!» Die Runde grölte laut, nur Eva wurde auf einmal totenbleich.

Sie kannte den jungen Rothenburger, den Hannes. Sie kannte ihn sogar gut. Bis vor kurzem war er ein häufiger Gast im «Ochsen» gewesen, ein so häufiger, dass der Ochsenwirt schliesslich misstrauisch geworden war. Er sah es nicht gerne, dass seine Eva dem Hannes schöne Augen machte, wie er sagte. Die Sempacher Wirtstochter und der Junge vom Rothenburger Vogt: das war in diesen Zeiten nicht gut fürs Geschäft. Und als Evas Bauch dann auf einmal grösser wurde, war der Hannes zum letzten Mal Gast im «Ochsen» gewesen.

Eva lehnte sich an die Wand, ihre Knie zitterten und sie spürte die kleinen Füsse im Bauch. «Jetzt ist das Fass voll», grinste der mit dem Morgenstern und wiegte die schwere stachlige Waffe in seinen riesigen Fäusten. «Der Rothenburger kann sich bald an einem anderen Ort ein Türmchen bauen – und ich muss jetzt dringend an ein Örtchen.» Dann stand er auf, stellte den Morgenstern neben die Tür und verschwand mit steifen Schritten nach draussen. Am Tisch in der Ecke begann sofort eine heftige Diskussion. Niemand achtete auf Eva. Und so konnte sie sich unbemerkt von der Wand lösen und hinter dem dunklen Gast her in die noch dunklere Nacht hinaus verschwinden. Nicht einmal, dass der Morgenstern auch weg war, merkten die aufmüpfigen Kämpfer am Tisch. So fest waren sie in ihre finsteren Pläne versunken.

Der Wächter am Rothenburger Tor war nicht mehr der Jüngste. Das Warten und Stehen in der Nacht fiel ihm von Jahr zu Jahr schwerer. Er war müde und spürte die Kälte in den Knochen, die jetzt, gegen Morgen zu, am grössten war. Eiskalt glitzerten die Sterne im harten Schnee und ein kalter Wind blies sogar durch seinen schweren Mantel hindurch. Er stellte seinen Spiess gegen die Mauer und verschränkte die Arme vor der Brust. Noch eine Weile dauerte die Wache, dann würde der Morgen kommen. Der Wächter freute sich auf eine heisse Suppe und auf warmes Wasser für seine durchgefrorenen Füsse.

Gerade wollte er seinen Spiess wieder in die Hand nehmen, da sah er, wie sich von Bärtiswil her eine einsame Gestalt dem Stadttor näherte. Langsam und schleppend kam sie näher, blieb ab und zu stehen und machte dann wieder ein paar unsichere Schritte auf ihn zu. Dabei stützte sie sich auf einen schweren Stock, den sie bei jedem Schritt mühsam wieder aus dem Schnee herausziehen musste. Der Wächter wurde mit einem Mal hellwach. Dort draussen auf der Strasse war jemand in Not und brauchte seine Hilfe. Er liess den Spiess stehen und ging mit festen Schritten dem nächtlichen Wanderer entgegen.

Die Nacht war sternklar und so sah er bald, dass es eine junge Frau war, die mehr schlecht als recht in ein wollenes Tuch eingewickelt war. Die Frau war schwanger, das war jetzt deutlich zu sehen, und der Stock, der ihr als einzige Stütze diente, war ein stacheliger Morgenstern, eine fürchterliche Waffe. Der Wächter rief der Frau etwas zu. Aber es kam keine Antwort. Erst als er unmittelbar vor ihr stand, hörte er einen tiefen Seufzer, und gerade noch rechtzeitig, bevor sie vor ihm in den Schnee fiel, konnte er sie in seinen Armen auffangen.

Wenig später sassen der Wächter, seine Frau und die nächtliche Besucherin in der geheizten Stube des Rothenburger Stadttors. Der alte Wächter badete seine Füsse. Seine Frau stand immer wieder auf und holte heisses Wasser und gut gewärmte Steinsäcklein vom Herd. Und die junge Frau sass im einzigen Bett, gut zugedeckt mit Fellen und Wolldecken, und wiegte ein winziges Wesen in ihren Armen, das leise vor sich hin schmatzte.

«So, so», brummte der Wächter, «von Sempach her kommst du also. Und was hat dich so spät noch in die Nacht hinausgetrieben?» Da fing Eva mit leiser Stimme an, von den Plänen der Sempacher zu erzählen, dass ein Überfall geplant sei und dass sie Angst bekommen habe um ihr Kind und dass der Hannes auf keinen Fall ... «Der Hannes», sagte der Wächter, «so, so, wieso denn ausgerechnet der?» Aber vom Bett her kam keine Antwort, und seine Frau, die gerade mit einer vollen Suppentasse vom Herd her kam, warf ihm einen strengen Blick zu. «Nicht», funkelten ihre Augen, «nicht jetzt!»

Da verstand der Wächter, und ein stilles Leuchten glitt über sein faltiges Gesicht. «Jää so», brummte er, «dää Wääg. – Und was um alles in der Welt wolltest du *damit*?» Er zeigte auf den Morgenstern, der schwer und stachelig neben dem Herd an der Wand lehnte. «Der Hannes muss sich doch wehren können», flüsterte Eva, «und wie sollte ich ihm denn sonst helfen?»

«Jetzt hör einmal gut zu!», wollte der Wächter aufbrausen, aber da wurde er auch schon wieder von seiner Frau unterbrochen. Die war zum Fenster gegangen und hatte den Vorhang auf die Seite geschoben. «Jetzt sei mal still», sagte sie zum Wächter. «Und du, Eva, schau einmal her. Siehst du dort draussen den hellen Stern am Himmel?» Eva nickte. «*Das* ist der Morgenstern», sagte die Wächtersfrau. «Und wenn einer hilft, dann ist er es, und der, der ihn am Himmel festgemacht hat. Er hat schon über anderen Gefahren geleuchtet. Und über anderen Kindern. Morgen rede ich mit dem Hannes. Ich kenne ihn, seit er ein Bub ist. Bis dann bleibt ihr hier, du und das Kind. Und dann wollen wir weiter schauen. Ich habe Verwandte ennet dem Gotthard. Da wäre Platz für so eine junge Familie. Und wer weiss» – die Wächtersfrau schaute zu ihrem Mann hinüber, der ihr freundlich zulächelte – «vielleicht sogar für zwei alte Nachtwächter, für die der Morgenstern auch noch da ist.»

Engel, Hund und Hirte

Engel leben bekanntlich in einer Welt von Licht und Klang, und in der Weihnachtsnacht kommen sie vom Himmel herunter und leuchten und singen, dass es eine Freude ist. Die Hirten auf dem Feld sehen diesen wunderbaren Glanz und hören diesen herrlichen Klang, und sie machen sich alle auf den Weg, um zu sehen, was sie von den Engeln gehört haben – fast alle. Und als der Engelchor sein mächtiges Konzert beendet hat, fliegen auch die Engel wieder in ihr Reich zurück, geleitet von ihrem Glanz, der ihnen allen auf dem Weg leuchtet – fast allen.

Es gibt nämlich einen unter den Engeln, der den Weg zurück nicht mehr findet. Er bleibt allein auf dem Feld zurück, weil die andern ihn wieder einmal vergessen haben. Es ist ein kleiner, unscheinbarer Engel, das heisst, er kann nicht leuchten. Es kommt kein Licht aus ihm heraus. Nur wenn er von den andern angestrahlt wird, strahlt er zurück – so wie der Mond, der nur wegen dem Licht der Sonne leuchtet, die auf ihn scheint. Auch singen kann er nicht, dieser

Kleine. Weder Glanz noch Gloria gehen von ihm aus, und wenn er den Mund aufmacht, kommen im besten Fall ein paar Töne heraus, die an das graue Tier mit den langen Ohren erinnern, das jetzt gerade in einem Stall in der Nähe des Feldes steht, auf dem der Engel zurückgelassen worden ist.

Wenn er einmal mitsingen will im grossen Chor, stört er heftig die himmlischen Harmonien, und es ist deshalb nicht erstaunlich, dass ihn die anderen nur aus Anstand und Mitleid zu ihren Auftritten mitnehmen. Sie sagen zwar nichts, aber ab und zu geht er einfach vergessen, und da er selbst nicht leuchtet, findet er dann den Weg durch den dunklen Himmel nicht mehr zurück. So bleibt ihm auch jetzt nichts anderes übrig, als sich auf dem weiten finsteren Feld in einem Gebüsch zu verstecken und abzuwarten, bis die anderen sich an ihn erinnern und ihn abholen.

Als der Gesang der Engel verklungen ist, lassen die Hirten ihre Schafe bei ihren Hirtenhunden zurück und eilen zu dem Stall, von dem sie erfahren haben. In allen anderen Nächten hätte das gut funktioniert, denn die Hunde sind es gewohnt, alleine auf die Schafe aufzupassen. Aber heute ist alles ein bisschen anders. Die meisten Hunde sind so erschrocken, als es mitten in der stillen Nacht auf einmal laut und taghell geworden war, dass sie die Schwänze eingezogen und sich winselnd aus dem Staub gemacht haben. Nur ein einziger Hirtenhund ist auf dem Feld zurückgeblieben. Er liegt jetzt immer noch zusammengerollt in der Nähe der Herde auf dem Boden.

Dieser Hund ist blind – nein, kein Blindenhund, sondern ein blinder Hirtenhund, der seine Arbeit nur noch mit seinen Ohren und seiner Nase machen kann. Von all dem Lichtglanz hat er nichts mitgekriegt und den Gesang hat er der Herberge in der Nähe zugeschrieben, in der es manchmal in der Nacht reichlich laut und lustig zu und her geht. Er ist schon alt und müde und die anderen Hunde meiden ihn, weil sie sein mürrisches Knurren nicht mehr hören wollen.

Jetzt liegt er da und zieht die frische Nachtluft in seine Nase ein. Er kennt den Geruch des trockenen Grases und er kennt den Geruch der Schafe, und beide sind ihm manchmal gründlich verleidet. Aber den Geruch, den er jetzt auf einmal einatmet, kennt er nicht. Er ist süss und verlockend. Was kann das bloss sein?

Der Hund steht auf, streckt seine Schnauze in den Nachtwind und trottet los. Der Duft kommt aus einem Gebüsch ganz in der Nähe des Lagerfeuers. Als er den Kopf hineinsteckt, berührt seine Nase etwas, das sich anfühlt, wie die wilden Hühner, die er manchmal jagt, wenn es ihm langweilig wird in seiner finsteren Welt. Nur der Duft ist ganz anders, so frisch und verlockend und wunderbar, dass es in ihm auf einmal so hell und weit wird, als hätte der Mond vom Himmel herab direkt in sein altes Herz geschienen.

Auch einer der Hirten ist zurückgeblieben, als die anderen Hals über Kopf dem Ruf der Engel gefolgt sind. Er sitzt immer noch am Lagerfeuer und spürt die Wärme auf seiner Haut. Da er fast nichts mehr hört, hat er weder etwas von der Musik der Engel mitbekommen, noch ihre Botschaft verstanden, und auch die hastige Aufforderung der anderen Hirten, er solle doch mit ihnen kommen, ist an ihm vorbeigegangen. Es hätte auch keiner auf ihn gewartet.

Das Licht, vor dem die Hunde Reissaus genommen haben, hat er für ein Wetterleuchten gehalten, und auch das Bellen des Hundes, der jetzt aus dem Dunklen heraus auf ihn zugetrabt kommt, hört er nicht. Er bemerkt ihn erst, als er schwanzwedelnd direkt vor ihm steht und mit seiner feuchten Nase immer wieder gegen seine Hand stupft.

Der Hirte weiss, was das bedeutet, und steht auf. Es reut ihn, das warme Feuer zu verlassen, aber wenn ein Schaf verlorengeht, hat er keine andere Wahl. Er ist froh, dass der Hund ihn führt, denn das

Blöken des verirrten Tieres könnte er gar nicht hören. Im Gebüsch, zu dem ihm der alte blinde Hund vorauseilt, findet er allerdings kein Schaf, dafür ein etwa gleichgrosses Etwas mit Federn. Als er seine Hand ausstreckt und es berührt, durchströmt ihn ein solches Gefühl von Wärme und Wohlsein, dass es ihm fast den Atem verschlägt.

Jetzt sitzen drei Gestalten auf dem dunklen Feld am hellen, warmen Feuer. Der Hund hat seinen Kopf in den Schoss des Engels gelegt, lässt sich von ihm das Fell kraulen und zieht wieder und wieder den wunderbaren Duft in seine feine Nase. Der Engel strahlt und glüht fast im flackernden Licht des Feuers und summt zufrieden vor sich hin. Weder der Hund noch der Hirte stören sich auch nur im Geringsten daran, und als der Hirte ihm ein wenig unbeholfen den Arm um die Schultern legt, fängt es auch in ihm an zu leuchten und sein Herz wird leicht und voll Musik.

Bruno

In der Herde, die die Hirten auf dem Feld bei Betlehem bewachten, gab es neben vielen weissen auch ein einziges dunkles Schaf. Eigentlich hatte es keinen Namen, aber weil es einfacher ist, wollen wir es Bruno nennen.

Bruno hatte kein leichtes Leben. Seine Farbe war anders als die der anderen Schafe. Sein Fell war strubbeliger. Und ausserdem war er viel kleiner als die anderen und seine Stimme tönte eher wie die einer Geiss als wie die eines richtigen Schafes. «Mööööh», sagten Kevin und Luca, wenn sie Hunger hatten oder wenn sie miteinander rauften. Und auch Vera und Julia sagten, vielleicht nicht ganz so laut, aber immer noch deutlich: «Mööööh». Bruno dagegen brachte höchstens ein mickriges «Meeeeh» heraus, und das fanden die anderen Schafe jedes Mal ganz furchtbar lustig. Sie stiessen einander mit ihren Schnauzen an und blinzelten einander zu und das bedeutete genau wie bei uns: «Jetzt hör dir einmal diesen schwarzen Knirps an – einfach unmööööglich!»

So richtig wehren konnte sich Bruno nicht. Jedes Mal, wenn er es versuchte, drehten ihm die anderen Schafe ihre dicken wolligen Bäuche zu und Bruno purzelte zu Boden. Unter dem lauten Gelächter der anderen musste er sich dann wieder aufrappeln. Das machte er so lautlos wie möglich, auch wenn er sich dabei wehgetan hatte, denn wenn er geweint hätte, wäre seine Stimme noch dünner gewesen als sonst. Dass die weissen Schafe nur darauf warteten, dass genau das geschah, war klar.

So kam es, dass Bruno sich immer mehr von der Herde zurückzog. Wenn Luca, Kevin, Julia und Vera ihre Köpfe zusammensteckten oder wenn sie den Hirtenhund ärgerten, stand Bruno stumm dabei und sah zu. Wenn die Hirten die Schafe an einen Platz mit besonders saftigem Gras lockten, wartete er und kam erst dann zum Fressen, wenn nur noch ein paar harte dürre Stoppeln dastanden. Und wenn es dunkel wurde und alle anderen sich zu einem weissen, wolligen, warmen Haufen zusammenkuschelten, suchte er sich ein Plätzchen irgendwo am Rand, in einer Vertiefung im Boden oder hinter einem Busch, wo der kalte Nachtwind nicht so gut hinkam.

Dort lag er dann und wünschte sich nichts mehr, als ein ganz normales, weisses und dickes Schaf zu sein, eines wie Kevin oder notfalls auch eines wie

Vera, aber ganz sicher kein so abartig schwarzes und auch keines mit einer so unmöglichen Stimme.

So war es auch in der Nacht, als auf dem Feld auf einmal ein helles Licht zu leuchten anfing, weil in Betlehem der Christus auf die Welt kam. Die Hirten sahen es zuerst, da sie ja ihre Herde bewachen mussten. Und da sie so etwas noch nie zuvor gesehen hatten, sprangen sie auf, nahmen ihre Hirtenstecken fest in ihre grossen harten Hirtenfäuste und waren auf alles gefasst.

Von der Unruhe, die dabei entstand, erwachten die Schafe. Sie blinzelten verschlafen in den blendenden Glanz und fingen dann ängstlich an, vor sich hin zu blöken. Das klang zuerst noch leise und ungewohnt zaghaft, dann immer lauter, bis ihre kräftigen Stimmen sich zu einem panischen Lärm steigerten, der sich zusammen mit dem grellen Licht und der drohenden Haltung der verschüchterten Hirten zu einem gespenstischen Nachtspuk vermischte.

Jetzt erwachte auch Bruno in seiner Bodenmulde, in die er sich zum Schlafen zurückgezogen hatte. Da er ganz am Rand der Herde lag, an der Grenze in die Nacht, blendete ihn das Licht nicht so. Auch der Lärm war dort erträglich. Und so kam es, dass er als Einziger zwischen dem lauten Blöken der Schafe noch eine feinere Stimme wahrnahm. Sie klang wie eine helle Glocke und als Bruno sie hörte, bekam er, was für ein Schaf ganz ungewöhnlich ist, am ganzen kleinen schwarzen Körper eine Gänsehaut.

Bruno riss die Augen weit auf und da sah er mitten unter den verängstigten Schafen und den trotzigen Hirten eine kleine dunkle Gestalt. Sie sah aus wie ein Menschenkind, hatte aber dort, wo sonst die Arme sind, Flügel mit schwarzen, etwas zerzausten Federn, etwa so wie eine junge Krähe. Auch das Gewand und das Gesicht waren dunkel. Nur die Augen und die Zähne leuchteten im hellen Licht, und von dort her kam auch die Stimme, die Bruno gehört hatte.

«Ihr müsst keine Angst haben», sagte die feine, leise Stimme. «Heute will nämlich Gott zu euch kommen. Er will euer Herz so leicht machen, als ob ihr ein neugeborenes Kind in den Arm nähmt. Warum habt ihr Angst? Warum versteht ihr nicht, was ich euch sage? Warum hört mir denn niemand zu?»

Bruno stand auf und ging auf die dunkle Gestalt zu. Weder Kevin noch Vera versperrten ihm den Weg. Sie waren viel zu sehr damit beschäftigt, sich gegenseitig mit ihrem lauten Blöken noch mehr Angst zu machen, als sie sonst schon hatten. Auch die Hirten beachteten ihn nicht. Ihnen waren die Stöcke wichtiger, mit denen sie sich im Ernstfall verteidigen wollten.

Ganz vorsichtig stupste Bruno das kleine geflügelte Wesen mit seiner Nase an. «Meeeeh», sagte er mit seiner dünnen Geissenstimme.

Da legte der kleine dunkle Engel seinen zerzausten Flügel auf das verstrubbelte Fell von Bruno und kam mit seinem Gesicht ganz nahe an sein Ohr. «Komm», flüsterte er ihm zu, «komm, wir gehen zusammen nach Betlehem. Dort wartet einer wie wir.»

Chor der Engel erwacht

Der Chor der Engel schläft noch. Eng aneinander gekuschelt haben es sich die Engel auf einer grossen, weissen Wolke gemütlich gemacht. Mit ihren weichen Flügeln haben sie sich gegenseitig zugedeckt. Im Himmel ist es ja kalt, viele Grade unter null. Wenn ein Engel fest ausatmet, entsteht eine kleine Dampfwolke vor seinem Mund. Sie schwebt davon und schmiegt sich an die grosse Wolke an. So schaffen sich die Engel selbst ihr Bett, während sie schlafen.

Es ist mucksmäuschenstill auf der Wolke. Nur ganz selten einmal raschelt ein Flügel im Schlaf. Manchmal hört man, wie ein älterer Engel ein bisschen schnarcht. Darauf hört man das Rascheln eines Flügels und ein leises Niesen. Kaum ist es verklungen, kehrt wieder Ruhe ein. Die Engel sind sanft zueinander, auch wenn einer schnarcht.

Die Engel haben gearbeitet. Deshalb sind sie nun so müde. Sie haben tagelang schwer geschuftet. Sie waren auf der Erde unterwegs, haben Menschen getröstet, ihnen neue Zuversicht gegeben, ihnen einen Teil der Sorgen abgenommen und ihnen neue Wege aufgezeigt.

Jetzt liegen die Engel auf ihrer Wolke und schlafen. Die in der Mitte liegen besonders weich und warm. Von allen Seiten her werden sie zugedeckt und manchmal ganz fein gestreichelt. Es sind die traurigen Engel, die in der Mitte liegen. Sie konnten ihre Aufgabe nicht erfüllen, so fest sie sich auch angestrengt hatten. Sie hatten besonders schwierige Aufgaben. Einer wollte zum Beispiel verhindern, dass eine Fabrik geschlossen wird, in der viele Personen gearbeitet hatten und so Geld verdienen konnten. Aber er wurde so lange mit druckfrischen roten Zahlen beworfen, bis seine Flügel ganz verklebt waren. Nur noch mit Mühe kam er in den Himmel zurück.

Der müdeste und traurigste Engel hat seinen Platz ganz in der Mitte der Wolke. Es ist der Engel mit der schwersten Aufgabe von allen. Er geht zu den Menschen, deren Schutzengel ihnen nicht mehr helfen kann. Er umfasst sie einen nach dem andern ganz vorsichtig mit seinen weichen Flügeln und wärmt sie. Das braucht viel Kraft. Manchmal kommen die Menschen wieder zu sich. Manchmal fliegt der Engel auch mit ihnen davon.

Dieser Engel fehlt noch im Wolkenbett, er ist noch unterwegs und durchfliegt hell beleuchtete Städte.

Er begegnet schwerbepackten Menschen, die mit roten Gesichtern aufgeregt hin- und herlaufen. Sein Herz wird schwer, als er sieht, wie sie sich abmühen. Dann findet er den Mann und die Frau, die er sucht. Sie sind in ihrer Wohnung. Der Mann sitzt am Tisch. Vor ihm steht eine halbleere Bierflasche. Der Mann starrt resigniert vor sich hin. Er hat heute seine Arbeit verloren. Die Frau sitzt vor dem Fernseher. Niemand sagt ein Wort.

Aus dem Nebenzimmer hört der Engel das Schluchzen eines Kindes. Er geht hinüber, um nachzusehen. Er ist zum Umfallen müde und er friert trotz der Wärme in der überheizten Wohnung. Er denkt an sein himmlisches Wolkenbett, an die weichen Flügel seiner Kameraden. Er legt sich ins Bett des Kindes. Nur für einen Moment, denkt der Engel. Dann schläft er ein.

Als er spürt, wie etwas sanft über seine Flügel streift, erwacht er wieder. Er hat warm. Unter der Decke ordnet die Hand des Kindes vorsichtig seine Federn. Es hat aufgehört zu schluchzen. Vor dem Bett stehen der Mann und die Frau. Sie schauen ihn an. «Wir haben dich schnarchen gehört», sagt die Frau. «Du musst sehr müde gewesen sein. Ich habe dich ein wenig zugedeckt.»

«Hier», sagt der Mann und streckt dem Engel etwas unbeholfen ein Glas entgegen: «Das weckt!»

Der Engel steht auf und trinkt. Dann streichelt er das Kind, die Frau und den Mann mit seinem Flügel. Es geht ganz leicht.

«Danke», sagt der Engel, «für den Schlaf, für die Decke und für die Stärkung.» Dann fliegt er davon. Er ist wach wie schon lange nicht mehr. Als er auf der Wolke ankommt, weckt er die anderen. Sie sind ein bisschen erstaunt und schauen verschlafen unter ihren Flügeln hervor. «Bald ist heilige Nacht», sagt der Engel, «kommt, wir wollen miteinander singen.»

Hannah

Und da war eine Prophetin, Hanna, eine Tochter Phanuels, aus dem Stamm Asser, die war schon hochbetagt. Nach ihrer Zeit als Jungfrau war sie sieben Jahre verheiratet und danach Witwe gewesen bis zum Alter von vierundachtzig Jahren. Sie verliess den Tempel nie, weil sie Tag und Nacht Gott diente mit Fasten und Beten. Zur selben Stunde trat auch sie auf und pries Gott und sprach von ihm zu allen, die auf die Erlösung Jerusalems warteten. (Lukas 2,36–38)

Nachdem die Hirten wieder bei ihren Herden waren, wurde es ruhig in Betlehem. Aber Maria und Josef hatten viel zu tun. Schliesslich war der kleine Jesus ihr erstes Kind, und wie alle Eltern eines Erstgeborenen hatten sie Angst, etwas falsch zu machen. So zerbrechlich wirkten die kleinen Arme, und der Kopf wackelte noch so gefährlich auf dem weichen, feinen Hals.

Maria wickelte ihren Jesus, stillte ihn, wenn er Hunger hatte und schrie, sang ihm Lieder vor und wusch die Windeln am Brunnen vor dem Dorf. Die Tage vergingen wie im Traum.

Nach ein paar Wochen wurde es Zeit für eine kleine Reise. Wie viele jüdische Mütter in dieser Zeit wollte Maria nach Jerusalem in den Tempel, um dort Gott für ihren erstgeborenen Sohn zu danken. Es war für sie auch das Ende des Wochenbettes, die Rückkehr in die Verpflichtungen des Alltags – ein Schritt, der ihr, wie vielen Frauen vor und nach ihr, nicht leichtfiel. Der Besuch des Tempels sollte dabei eine Hilfe sein, eine Marke, ein sichtbarer Schritt in ein neues Leben zu dritt.

Josef packte den Esel. Nach Jerusalem war es nicht weit, gut zwei Stunden zu Fuss. Als sie um den letzten Hügel bogen, sahen sie die Stadt, die gewaltige Mauer, die Dächer der Häuser darüber und den Tempel, der alles überragte. Der Kranz seines Daches über den mächtigen Säulen leuchtete wie Gold, wie eine Krone. Maria musste die Augen zukneifen, so sehr blendete es sie. Dort wohnt also Gott, dachte sie. Und dort wollen wir jetzt hin.

Hannah träumt. Um sie herum stehen mächtige Säulen, ein Wald von Säulen. Sie kennt sie. So sehen die Säulen am Tempel aus. Aber diese hier sind noch mächtiger, noch imposanter. Hannahs Augen gleiten den Säulen entlang nach oben. Immer weiter hinauf wandern die Augen. Ganz oben verlieren sich die Säulen, als müssten sie den Himmel selber tragen.

Dann scheint sich eine der Säulen zu bewegen. Sie hat auf einmal die Gestalt einer Frau, die Hannah den Rücken zudreht. Hannah ruft, aber die Frau scheint sie nicht zu hören. Hannah ruft wieder, laut, verzweifelt. Endlich dreht sich die Gestalt um. Für einen Augenblick glaubt Hannah, in einen Spiegel zu blicken. Aber dann sieht sie, wie jung diese Frau ist. Sie trägt ein Kind im Arm. Die Augen des Kindes sind weit geöffnet, so, als hätte es furchtbare Angst.

Hannah sieht nur noch diese Augen, ihren Kummer, ihr Entsetzen. Dann hört sie hinter sich ein feines Zischen. Sie dreht sich um und sieht den Riss in einer der mächtigen Säulen. Er wird schnell grösser. Ein ohrenbetäubender Lärm ist zu hören. Steine fallen herab. Hannah liegt am Boden und bedeckt den Kopf mit beiden Armen. Noch einmal leuchten die Augen vor ihr auf, gross und fragend. Dann erwacht sie.

Im Tempel war schon viel Betrieb. Der grosse Hof hinter dem Eingangstor war voll von Männern und Frauen und Kindern. Schafe hatte es und grosse Käfige mit Tauben drin. Unauffällig an der Mauer verteilt standen Soldaten. Sie trugen römische Uniformen und beobachteten aufmerksam, was im Hof geschah. Da und dort sass ein Geldwechsler an seinem Tisch und pries seine günstigen Wechselkurse an. Erst hinter dem zweiten Tor wurde es ruhiger. Ein paar Frauen standen dort zusammen und unterhielten sich. Auf einer Bank an der Hofmauer sass eine Frau. Den Kopf mit den weissen Haaren hatte sie, als wäre sie gerade aus einem schweren Traum erwacht, in die Hände gestützt. Alle, die regelmässig den heiligen Ort besuchten, kannten sie.

Es war Hannah. Seit vielen Jahren wohnte sie im Tempel. Ihr Mann war gestorben, als sie noch eine junge Frau war. Nur sieben Jahre lang war sie mit ihm verheiratet gewesen. Jetzt war sie alt, vierundachtzig Jahre alt. Sie lebte bescheiden. Das Nötigste zum Leben erhielt sie von den Besucherinnen und Besuchern, die mit ihrem Rat zufrieden waren.

Hannah hatte viel erlebt. Sie wusste, dass Menschen, die das Gotteshaus besuchten, manchmal Schweres mit sich trugen. Sie war da, um Rat zu geben. Gerade gestern war ein junger Mann bei ihr im Tempel gewesen. Am Fuss der stämmigen Säulen hatte er gesessen und am ganzen Leib gezittert. Sein Vater sei von der römischen Polizei abgeholt worden, hatte er gesagt. Was er jetzt tun solle? Ob es nicht seine Pflicht sei, für den Vater zu kämpfen, für alle zu kämpfen, die in den römischen Gefängnissen verschwunden waren, für die Erlösung zu kämpfen, von der so viele sprachen und auf die so viele in Jerusalem schon so lange warteten?

Hannah seufzte. Sie hatte den jungen Mann vertröstet. Er solle morgen noch einmal kommen, hatte sie gesagt und dabei gespürt, wie alt sie war. Manchmal war das anders. Dann fühlte sie es, wenn sie helfen konnte. Dann war ihr alter, gebrechlicher Körper voll von einer wunderbaren Kraft. Dann kam ein stiller Glanz in die stumpfen Augen des Menschen, der gerade vor ihr sass. Dann wusste sie: Gott ist da, in dieser Kraft, in diesem Leuchten.

Maria und Josef erreichten den Tempel. Sie betraten den grossen Hof. Josef band den Esel fest und machte sich auf die Suche nach einem günstigen Händler. Er wollte Tauben für das Opfer kaufen. «Geh schon voraus», sagte er zu Maria, «dort drüben durchs Tor.» Maria nickte. Der Weg hatte sie erschöpft. Es war nicht nur leicht, Mutter zu sein. Das kleine Menschlein schlief. Es lastete schwer auf ihren Armen. Als sie durch das Tor zum zweiten Hof ging, suchte sie zuerst einen Platz, wo sie sich hinsetzen und etwas ausruhen konnte. Dort an der Mauer war eine Bank, auf der bereits eine alte Frau sass.

Hannah sah die junge Frau sofort, als sie durchs Tor in den Frauenhof kam. Unter Hunderten hätte sie sie erkannt. Auf einmal war ihre Müdigkeit wie weggeblasen. Die Augen, die noch trüb waren vom Traum der letzten Nacht, wurden hell. Dort drüben stand ihr nächtlicher Gast leibhaftig neben den mächtigen Säulen des Innenhofes, etwas verloren unter den anderen Frauen. In den Armen trug sie ein Kind. Mit einer Hand stützte sie seinen Kopf, etwas unbeholfen und ängstlich, so wie es ganz junge Frauen tun, die zum ersten Mal Mutter geworden sind. «Hier hat es Platz», rief Hannah ihr zu. «Komm, setz dich zu mir!»

Maria war froh um die Einladung. Sie kannte hier niemanden. Sie setzte sich auf die schmale Bank und lehnte den Rücken an die warme Mauer. Das tat gut. Als hätte das Kind auf ihrem Arm die Veränderung gespürt, öffnete es die Augen. Sie waren gross und dunkel. Maria lächelte und schaute dann zu Hannah hinüber.

Hannah lächelte zurück. Tausend Falten zogen sich wie ein Kranz um ihre Augen und um ihren Mund. Ihre alte, fleckige Hand zitterte, als sie sie ausstreckte und sanft damit über den Kopf des Kindes strich. Die Augen des Kindes schauten sie an. Es waren die Augen aus dem Traum, gross und fragend, aber noch ohne Angst. Die Säulen stehen noch, dachte Hannah, und dein Leben fängt erst an. «Das Leben fängt erst an», sagte sie dann zu der Mutter des Kindes, und auf einmal sah sie den Glanz in den Augen der jungen Frau.

Eine merkwürdige Begrüssung, denkt Maria und muss wieder lächeln. Sie schaut ihr Kind an und dann das Gesicht der alten Frau. Zuerst glaubt sie, in einen Spiegel zu blicken. Aber dann sieht sie die Spuren eines langen Lebens darin und für einen Augenblick öffnet sich vor ihr, weit und hell, ihre eigene Zukunft, ihr eigenes Leben und das ihres Kindes.

«Ja», sagt sie dann, «jetzt fängt es an. Heute.»

Weitere Weihnachtsbücher aus dem TVZ

Holger Finze-Michaelsen (Hg.)
Schneegestöber
Bündner Weihnachtsgeschichten
ISBN 978-3-290-18171-0
CHF 22.00 - EUR 19.90

Richard Kölliker (Hg.)
Wo Maria den Josef küsst
Schaffhauser Weihnachtsgeschichten
ISBN 978-3-290-18333-2
CHF 22.00 - EUR 19.90

Achim Kuhn (Hg.)
Schöne Bescherung
Weihnachtsgeschichten von heute
ISBN 978-3-290-18249-6
CHF 22.00 - EUR 19.90

Käthi Koenig
**Der Adventsbesen
und andere Weihnachtsgeschichten**
ISBN 978-3-290-17902-1
CHF 22.00 - EUR 19.90

Marianne Vogel Kopp
Glück 1 bis 24
Weihnachtsgeschichten der Gegenwart
ISBN 978-3-290-17835-2
CHF 22.00 - EUR 19.90

Rolf Probala
Aus heiterem Himmel
16 Variationen der Weihnachtsgeschichte
ISBN 978-3-290-18335-6
CHF 19.80 - EUR 17.90

Anita Keller
Weihnachtslichterhimmel
Kurze Geschichten für Advent
und Weihnachten
ISBN 978-3-290-18424-7
CHF 22.00 - EUR 19.90